GAEA

Gaea

冰箱

CITYFEAR 3 都市恐怖病

九把刀 著
Giddens
Sally 內頁插畫
Blaze 封面插畫

CITYFEAR 3 都市恐怖病

冰箱

目錄

陰莖

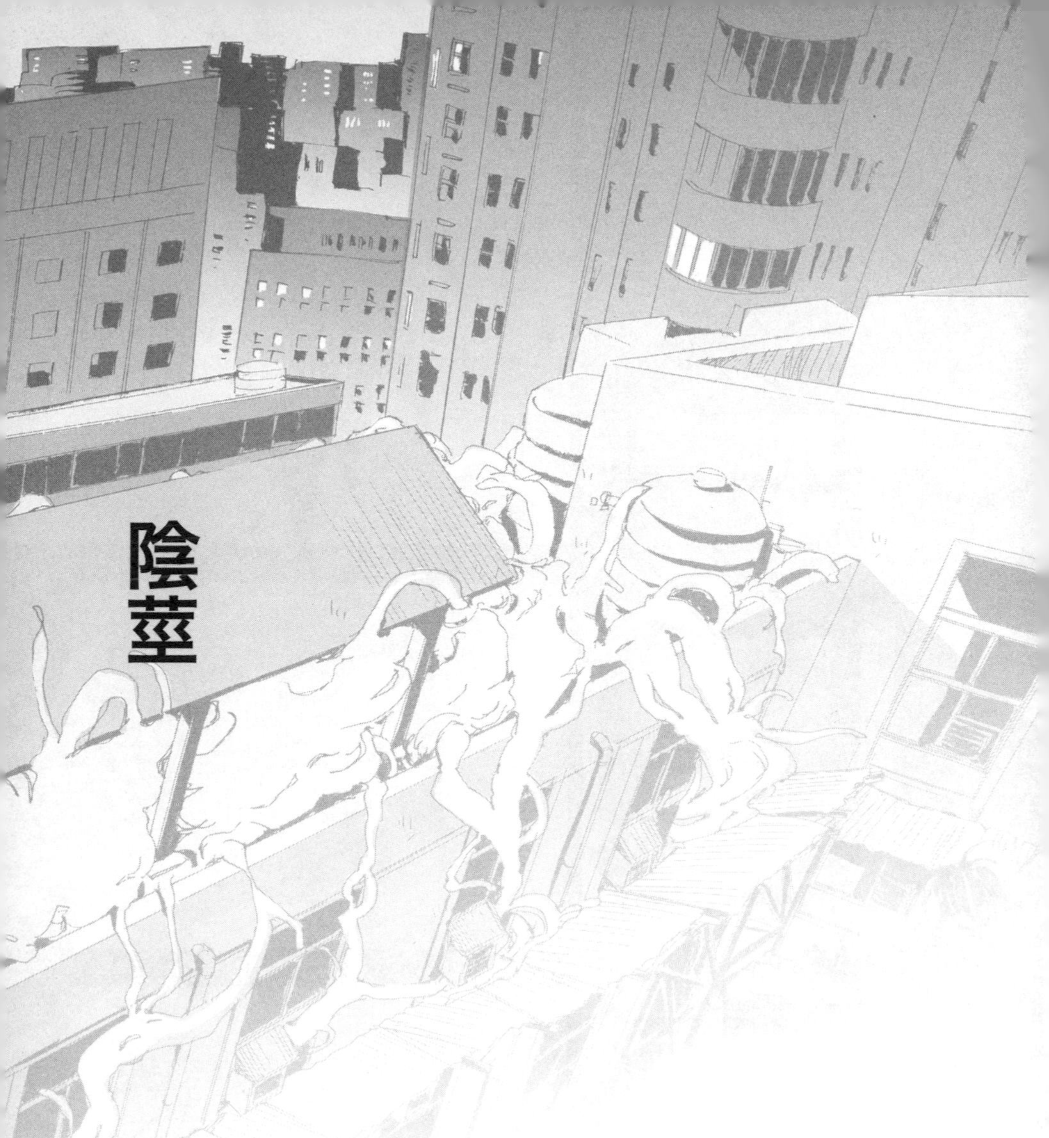

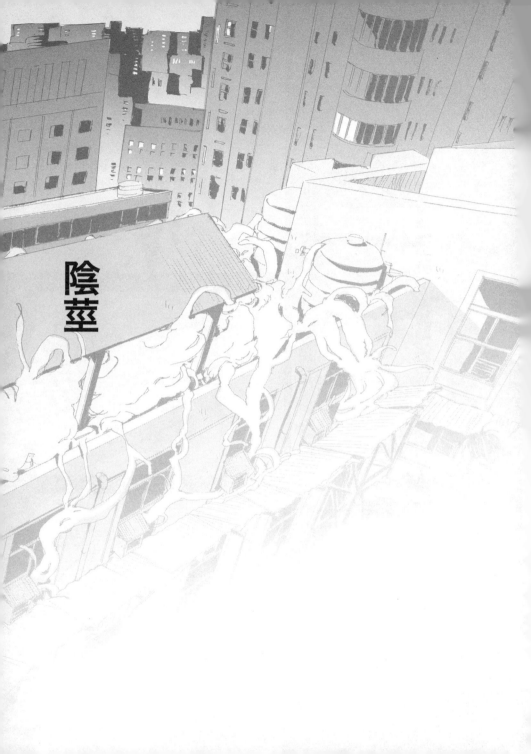

滴答
滴答滴答
叭嗒

要去尿尿嗎？

01 吉六會

柚子的臉色愈來愈難看了。

他因長期緊張顫抖不已的手，正猛力抓著自己的頭髮，狂亂的眼神裡佈滿了血絲，不停地在寢室裡來回踱步。

時間一分一秒地過去了。

「要去尿尿嗎？」

柚子一定這樣苦苦思索著。

唉，這將會是個什麼樣的故事？

悲劇？

喜劇？

最好是個喜劇。

這個下場不明的故事，就發生在我室友的身上，我，一個旁觀者，對於故事的結局，只能在旁爲柚子暗自祝禱。

二〇〇五年，我剛剛升上台灣師大二年級，一切都是充滿期待的；一年前還是新鮮人的我們，馬上就要認養家族學弟、妹，全都還沒交到女朋友的「吉六會」成員，更早已到處打聽尙未謀面的學妹的「品質」，以便大伸狼爪。

嗯，「吉六會」是從變態漫畫《幕張》裡得到靈感成立的，成立的宗旨與原意早已不詳——由一群沒錢色胚所組成的團體能有什麼宗旨？

吉六會的成員有六個，全都是我的同寢室友。

我，大家都叫我阿和，喜歡高熱量的美食，胖胖的，好吃懶做。

志彰，睡在我對面的棒球隊長，外號智障，一身的肌肉，常常在寢室裡練揮棒，講了好幾次都不聽。

哲魁，綽號廢人，是電腦程式高手，喜歡整天蒼白著臉，與世無爭的個性，只因爲不小心跟我們住在一起，才被大家逼迫加入吉六會。

時玖燁，他的外號很有趣，叫「P19」，「P19=Page19=十九頁」，跟他的本名很像；P19有副紫色的嘴唇，和一對不用當兵的近視眼。

澧昱，吉六會會長，一身黝黑的健康皮膚，酷愛假裝有品味，喜歡從事收集與比較A片文化的工作，因此贏得會員的一致推崇與愛戴，無異議通過由他來領導我們。

才祐，外號柚子，也是這篇故事的主人翁，他有顆聰明的大好腦袋，好詭辯，身材瘦瘦的，興趣跟會長一樣，精於A片採樣，因此當選吉六會副會長。

剛開學不久，柚子就迷上了網交。

網交，就是網路交媾、網路作愛，是一種透過文字的網路對話，加上豐富的想像力與高超的引導技巧，使雙方達到「盡性」的意淫大法，而柚子正是這種意淫密技百年一人的天才。

寢室合養了三隻小巴西龜，「小飯」、「小島」、「小愛」。

夏天的中午，電扇只能吹出暖烘烘的瘴氣，魚缸裡的三隻巴西龜，全都賴在加了冰塊的水裡，不理會智障鉛筆的挑弄。

「柚子，小雞雞該休息一下了吧，走，吃飯去！」會長從滿床的漫畫堆裡跳起。

「再等一下。」柚子盯著電腦螢幕，露出「再一下下就大功告成」的急迫表情。

「不要理他啦，我快餓死了，等會我們再拿剩菜剩飯回來給他吃就好了。」P19抽動著他紫色的嘴唇說道。

柚子沒有回嘴，網交顯然很順利。

「我也不想出去，幫我買一個雞腿飯。」廢人不知在寫什麼偉大的程式。

「啊？你快跟我們走啦！等一下柚子開始打槍，你一定會被臭死在裡面！」會長一向高瞻遠矚，料事如神。

「也對！上次我聞到就發燒了。」廢人把螢幕一關，拿起他的筆記型電腦，說：「我出去邊吃邊寫吧。」

「柚子，要擦乾淨啊！」我提醒著柚子，順手將一盒面紙放在柚子的手邊。

「嗶……嗶……警告……不准再打在魚缸裡面——烏龜眼睛會瞎掉——」智障鄭重地說。

「雪特，快出去，回來要先敲門！」柚子笑了笑，手指不停在鍵盤上飛舞。

於是，寢室只留下柚子一人獨自苦練意淫妙技，等到我們吃飯回來時，柚子卻已不在，只留下一張貼在螢幕上的紙條，寫著：

「等我晚上回來時，我就是真正的男人了。」

柚子成功了？

「真的假的!?哪個學校的女生這麼好騙？」智障把「小愛」放在他雜亂的頭髮裡。

「可能是歐巴桑吧。」我一邊灌可樂，一邊研究學妹的芳名冊，繼續道：「我看今晚就叫思瑩找幾個美眉一起夜遊吧，免得輸給柚子。」

思瑩是我們最近認識的學妹，她雖然太過活潑，話很多，卻是一個好線民，只要賄以雞排跟珍珠奶茶就會招出漂亮女孩的好線民。

況且，智障好像蠻喜歡思瑩的。

「贊成一票。」智障舉起腳來。

「有道理，過幾天就沒那麼閒了，趁剛剛開學不久，學妹還沒全死會光前，吉六會必須有所行動。」會長說。

會長碰上寢聯總是做事明快，立刻打電話邀思瑩備妥遊伴，計劃夜遊的行程。

當晚，除了柚子，吉六會剩餘的五位成員都出動參與維持宇宙和平的寢聯任務（廢人的筆記型電腦被我們扣押，直到任務解除才予以交還），去KTV唱歌，貓空飲茶、打牌，會長哭著訴說他的失戀紀實（全盤唬爛）以博女孩同情，廢人詳細地跟其中一個美眉解釋網路付款的程式漏洞（所以我們都離他遠遠的，無視該女孩求救的眼神）。

一晚的奔波，也算挺愉快的，只是回到寢室時已經凌晨四點了，五個人拖著腳步，

睡眼惺忪地，一進門就跳上自己的床，連廢人也懶得問自己電腦的下落。

只有我注意到柚子蹺著二郎腿，得意洋洋地坐在電腦桌前上網，看來柚子也剛回來沒多久，似乎在刻意等著我們。

02 好浪的病

「你們又去寢聯啦？怎麼，有沒有收穫？」柚子假惺惺地問道。

「嗯，代號『奪花四號』的任務圓滿結束，會長跟他載的美眉很有希望的樣子，不過思瑩好像也愛上會長了，智障眞他媽的倒楣。」我說，一面把剛剛吃剩的吐司撕成小片，丟到魚缸餵「小飯」、「小島」、「小愛」吃。

「我會堅強，等一下我會偷偷把會長的頭扭下來的。」智障在棉被裡咕噥著。

「Thank you very much……啊──」會長打了個大哈欠。

「這樣啊，」柚子伸了個懶腰，也打了個呵欠，對我說：「那你自己呢？」

我撐著垂死的眼皮，說：「還可以，嗯，你呢？變成男人了？」

有些人明明就很想爆出自己的八卦，卻又一副渴望有人問、有人求，才會「勉強」道出強忍已久祕密的模樣。

柚子正好是這種人。

「這件事也沒什麼啦，以後總要習慣的。」柚子無奈道：「女人嘛──」

「嗯？詳細說給我聽吧，不過你只有五分鐘——啊——我快睏死了。」我的魂魄開始消散。

柚子拿出一本記事簿，遞給了我。

「代號——紅杏出牆的風鈴草，臺大國貿所，研二，身高一六七，咪咪36C……」我唸著唸著，狐疑地說：「你上了她？」

柚子長相是不壞，頗有港星曹查理接班人的風流架勢，但要把上臺大蕩女，我看還是鞭長莫及。

「Yes，但她只是第一個，總有一天這本記事簿都會被一堆代號給填滿，看在你好學不倦的份上，我教教你箇中奧祕。」

柚子得意地移動滑鼠，登錄到一個全國連線的BBS站，選擇「學術科學」的選項，進入一個「新連線性板」的文章區。

這個標題盡是「在哪裡愛愛最刺激」、「誰試過肛交」、「慘了，我上了我親妹妹」等的文章區，吉六會當然經常進入觀看，裡面常有很好玩的性交寫實，因爲網路匿名的特性，內容更是極爲寫實、大膽，比一般情色文學要火辣多了。

柚子點選了其中一個「精液的味道到底怎樣」標題的討論串，搜尋到一篇署名「紅杏出牆的風鈴草」的文章：

不怎麼樣吧？！

不過要看個人的體質

吧——我男朋友的就很濃，我連聞都不想聞，

可是有些人的味道淡淡的，我吞下去也無妨——

大概是多吃青菜吧？

不過聽你說起來應該是你的特別臭就是了。

「馬的，好騷！還『有些人』咧……」我托著下巴說道。

「沒錯，我就是這樣盯上她的，now，教學開始，第一步，鎖定討論區中的淫娃，從她的文章中判斷她的開放程度。」柚子說，繼續敲打鍵盤，搜尋「紅杏出牆的風鈴草」發表的文章，果然，又發現了十幾篇標題。

柚子點選其中幾篇文章，一邊解說道：「第二步，觀察她的需求；你看，她在這篇（長度很重要嗎？）裡，說她的男朋友懶叫太小條，又在另一篇裡提到她曾經跟一個大砲哥一夜情，所以，根據這幾條線索，我判斷她患了後天性渴望大懶趴淫病。」

「好浪的病。」我笑了。

「和兄此言甚是，正所謂良藥苦口，更要對症下藥，因此我進行第三步，假裝無意間透漏自己雞雞的尺寸。」柚子接著搜尋出代號「拖著沉重的懶趴」所發表的幾篇

文章。

忘了提起，柚子的代號取名既變態又有趣，叫「拖著沉重的懶趴」。

柚子發表的幾篇文章裡面，有幾句話大概是這樣說的：

「我才塞進一半，我的gf就痛得大叫——」

（PS：gf=girl friend）

（PS2：柚子根本沒女朋友）

「太大了，眞想分一點給有需要的人——」

（PS：柚子的其實很小條）

「我從上了國中後就不敢游泳，因爲緊緊的泳褲弄得我好尷尬——」

我看完後嘆道：「你的良藥就是誇大自己的雞雞引起她的注意？」

「沒錯，她也眞注意到了，而第四步就需要勇氣了，爲了第四步，我還特意經營了一個禮拜，在talk裡不停地抱怨女朋友無法滿足我的需要，finally，就在今天中午，我終於成功約她出來，晚上就去開房間了。」柚子說完，滿臉的笑容強力放送著「我長大了」的訊息。

坦白說，柚子的確應該開心，我心裡也著實羨慕，但是其中還是有一個大疑問。

「那她發現你的雞雞其實不怎麼大時，你——？」我問。

「都進了房間，她也不好意思撕破臉，只是一夜情嘛！」柚子的笑容裡畢竟藏著一抹失望，又說道：「要是我的雞雞能爭氣些、粗壯些，也許我的記事簿會更早填滿吧。」

「那就每天澆水呀！」

會長從被窩裡探出頭來，笑著說。

「你全聽到啦？」柚子也笑了。

「恭喜啦，今晚要請客啊！」會長說完，又摔進被窩裡。

「我的千人斬之旅才正要開始呢。」柚子將電腦關掉，也爬上床鋪——以一個男人的勝利手勢爬進床鋪。

柚子的故事，正是以這次的凱旋拉開序幕。

03 憂鬱症

此後的一個月裡，當吉六會忙著邀學妹夜遊時，柚子都杵在電腦前進行他的千人斬計劃，之後，斷斷續續聽柚子炫耀他的戰績，知道他又上了不少淫娃蕩女，共計一個研究生、兩個大學生、一個高中生和一個家庭主婦。

一樣的手法，一樣的你情我願，卻也一樣的「僅此一次」——誰教柚子總是誇張自己的陽具，造成對方期待的誤差。

爲此，柚子苦惱不已，也爲此，他在網路的簽名檔與名片檔內容也愈來愈荒謬——

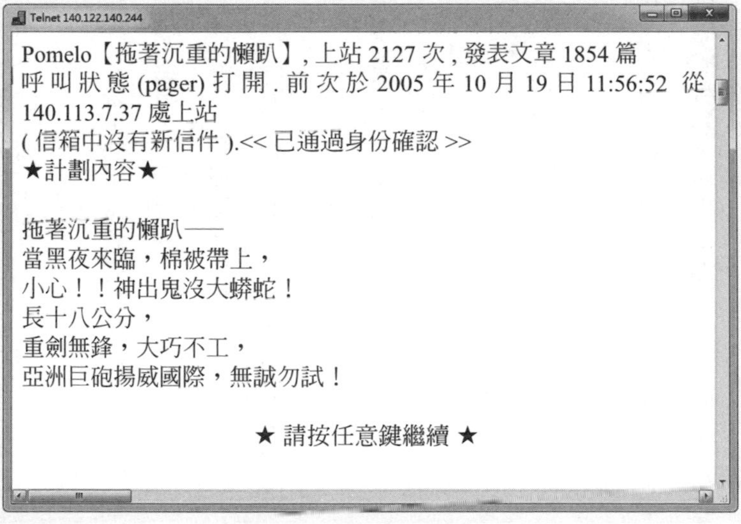

Pomelo【拖著沉重的懶趴】, 上站 2127 次 , 發表文章 1854 篇
呼叫狀態 (pager) 打開 . 前次於 2005 年 10 月 19 日 11:56:52 從 140.113.7.37 處上站
(信箱中沒有新信件).<< 已通過身份確認 >>
★計劃內容★

拖著沉重的懶趴——
當黑夜來臨，棉被帶上，
小心！！神出鬼沒大蟒蛇！
長十八公分，
重劍無鋒，大巧不工，
亞洲巨砲揚威國際，無誠勿試！

★ 請按任意鍵繼續 ★

好笑的是，陽具崇拜的女孩大有人在，我們的亞洲巨砲柚子先生，倒也不至因爲他的小朋友，而斷送了千人斬鴻圖。

「唉，兵法有云，一寸長一寸強，一寸短一寸險，我——我眞是險得可以！」柚子剛洗完澡，只裹著一條大毛巾坐在床緣，喃喃自語。

「還在怨嘆？拜託！都是一條淫棍了還怨什麼？」智障舉著啞鈴。

「你不懂的。」柚子仰天長嘆，看著智障一身橫練的肌肉，忍不住問道：「你很大嗎？」

「不怎麼大，但應該比你大不少。」智障舉著二十三磅的啞鈴。

「靠。」柚子苦笑道。

寢室的門突然打開。

「我複檢結果知道了！不用當兵！」P19 拿著診斷書衝進來大吼大叫。

會長跳到桌子上，大叫：「請客！」

P19 的近視眼果然讓他不必當兵，這個結果令吉六會成員大是眼紅，接下來的半小時裡，P19 不厭其煩地跟我們解釋如何在健康的身體上找出病痛，以求體位不符當兵需求、或求轉服輕鬆替代役的契機。

「像我這種健康寶寶怎麼辦？要是驗尿驗血都沒問題的話，就穩當兵的吧？」智障說。

「要是眞的找不出病痛，那就假裝憂鬱症吧！」P19拿出一本名爲《打死我也不當兵》的逃兵手冊，指著憂鬱症的欄位。

「憂鬱症？憂鬱症好裝嗎？」柚子搔著頭。

「好裝，因爲很難去判斷眞假，但也因爲太好裝了，所以把關的醫生也是半信半疑，所以，要想取信於人，最好的方法是累積病歷。」P19儼然成爲逃兵聖經。

「累積病歷？」廢人拋下他劃世紀的大程式，問道。

P19說：「就是多多去看病，一開始就說你長期失眠、莫名的焦慮、氣胸等等，等到你蓋滿一張張的健保卡時，你的病歷也就更可信，複檢也不會問太多。」

柚子顯然有些心動，說道：「阿和，你明天陪我去看精神科吧！」

P19搖搖頭，斷然道：「那你一定很快就被拆穿，精神上或許看不出來，但是身體是不會騙人的，醫生只要拿小型手電筒查看你瞳孔收縮的程度，就知道你是不是眞的失眠，所以要去看醫生，最好眞正連續幾天熬夜不睡。」

「簡單，那我整天網交吧。」柚子笑著，回到他的邪惡網路世界裡。

就這樣，柚子連著三天不眠不休地上網覓食，到了第三天晚上，柚子的芳名冊裡，已經記錄了十幾個可能發生一夜情對象的資料。

第四天早上，柚子說服我蹺課載他去看醫生。

「First，你要當我的證人，Second，我現在騎車穩犁田（車禍）的。」柚子這樣說道。

爲了求病歷的「格局」，我們選了公信力強的臺大醫院。

一進門，大醫院特有的藥水味撲面而來，坦白說，我還蠻喜歡這股味道的。

早上沒什麼人在精神科掛號，柚子也許是第一個病人，為了替他壯膽，我也充當證人陪他進去看診。精神科的診療室甚為舒適，大概也因為沒有病號，助理護士居然趴在辦公桌上睡著了，只有一個醫生坐在沙發上看雜誌。

那個醫生很特別，是西洋人，一頭綁成馬尾的金色長髮，戴著斯文的無框眼鏡，一看到我們進來，他立即客氣地站起來請我們坐下，並倒了兩杯熱咖啡給我們。

他站起來時，高大的身體倏然拔起，我想大概比櫻木花道還高吧，更令我訝異的，這位醫生的年紀只有三十五歲左右……雖然我不太能分辨外國品種的年齡。

還蠻帥的醫生。

04 陰莖選擇權

「你好，我是來台灣參加學術研討會的國際醫學會會員，今天正好實際來看看台灣的醫學環境，在真正的醫生來前，我是說，王醫師可能在路上塞車了，在他趕到之前，也許你們願意跟我談談？」那位外國醫生彬彬有禮地說道。

原來他不是這裡的醫生啊，不過連護士都懶得理我們時，這醫生卻這樣接待我們，十足令人窩心，這洋人中文如此流利，更是出乎意料之外。

柚子好奇地向他打量一番，問道：「可以啊，請問你是合格的醫師嗎？」

那外國醫生笑著說：「是的，我的名字叫 Hydra，請多指教。」

「Hydra？這不是九頭龍的意思嗎？」我奇道，在電玩「星海爭霸」裡，Hydra 是異形兵團裡的怪物名字……這個醫生的名字竟如此奇特。

「哈哈哈，Hydra 也有水蛭的意思。」Hydra 醫生笑著，又問：「你們是哪位要看診啊？」

「是我，」柚子揉著眼，說道：「我好像失眠了。」

「失眠？最近有什麼壓力嗎？以前有過類似的情形嗎？」Hydra例行公事地發問。

「當然有壓力，我的老二太小，小到害我失眠。」柚子大概認為Hydra畢竟不是臺大醫院的醫師，他的診斷對病歷應該無效，索性開起玩笑來了。

「老二？」Hydra困惑地問。

「呵，在台灣，老二又叫陰莖啦。」柚子有氣無力地說笑。

這時，只見Hydra突然跳在桌子上，五指成爪，興奮地大吼大叫，奇怪的是趴在桌上假寐的護士卻沒被吵醒，我和柚子反倒嚇了一跳。

發啥神經啊？

「啊？對不起。」Hydra意識到自己怪異的行徑，迅速地收斂起眼神裡暴射的精光，歉然道。

柚子跟我都無法理解Hydra的奇異舉動，好像是Hydra突然變了個頑童似地，弄得兩人心中著實納悶。

「他該不會是精神病人冒充的醫生吧？」我悄聲說。

柚子點點頭，輕聲說：「很多笑話都是這樣寫的。」

這時Hydra突然笑了，說：「我的耳朵可是很靈光的，我既然能參加醫學研討會，

當然是合格的醫生，剛剛的事是我太冒失了，這一向是我的壞毛病，每次遇到好玩的事，我總是會興奮地失控，還請你們不要見怪。」

Hydra 坐回沙發，說道：「在住院醫生來診前，你願意告訴我有關你的陰莖帶給你什麼樣的困擾嗎？也許有我可以幫忙的地方。」

「嗯，我想我大概因爲得了憂鬱症才有失眠的困擾吧，這一點請你務必轉告住院醫師，關於我的陰莖，呵，Hydra 醫生，你是歐美人，船堅砲利的，一定無法體會我們東亞小鳥的悲哀。」柚子啜飲著咖啡說道。

Hydra 笑了笑，說道：「聽起來是生殖器長短困擾著你，說說看，是你自己單純地給自己壓力？還是，誰帶給你陽具尺寸上的壓力？例如，跟同儕比較帶來的困擾？」

柚子說：「我的興趣是網交，也就是 Cyber Sex，除了在網路上誇大我陰莖的尺寸外，我找不到線上一夜情的更好方法，但是……唉，我的陰莖眞的不怎麼大，常常在春宵過後看到一副臭臉，同一個性伴侶永遠沒有第二次下文，我以後恐怕也不能滿足任何女人，我說呀，要是陰莖能再大點就好了。」

Hydra 專注地聽著柚子的告白，說：「性愛的品質不一定受限於陰莖的大小，況且，要是你一開始就不要誇大自己的尺寸，也未必不能找到一夜情的對象……我這樣說並不是贊同一夜情，但是女方一夜情的動機絕不是單純地渴望激烈的性愛，也有可能是因為男朋友或丈夫不夠體貼溫柔，或是純粹的尋求新鮮刺激等等；我想，你的問題也許並沒有你想像中那麼嚴重。」

柚子卻不以為然地說：「這個社會是現實的，床上也是，也許床才是社會上最現實的地方，你想想，如果人一生下來就能決定自己雞雞的長度，誰會選擇小號的？就算性愛技巧的意義大過陰莖的長度，但在可以選擇的情況下，誰又不想自己的陰莖愈大愈好？再說女生好了，要是有兩個伴侶的基本條件一樣好，誰不想選陰莖大的傢伙？你剛剛所說的我不是沒想過，但那些道理只是在無法改變事實的情況下，莫可奈何產生的自我安慰心理吧。」

嗯……柚子說的「陰莖選擇權」還蠻有道理的，要是可以選擇自己陰莖的大小，我自己也想加個五、六公分。

Hydra 點點頭，說道：「你是說，在能選擇的情況下，陰莖是愈大愈好？」

柚子「砰」一聲躺在沙發上，說：「對，陽具崇拜就是這麼一回事，要是資本無限，蓋大樓當然是愈高愈好。」

「所以你失眠了？」Hydra 倒掉柚子的咖啡，換給柚子一杯白開水。

「嗯，這個問題很嚴重，我看我的憂鬱症多半是從這裡生根的。」柚子頑皮地笑著，繼續說道：「這顯然是社會價值的問題，要是社會陽具崇拜的現象沒有改善，單單從我的心理素質下手治療，恐怕是治標不治本的。」

柚子極爲聰明，又喜歡詭辯，既然他認爲只有住院醫生能決定他的病歷，百般無聊之際，正好捉弄捉弄眼前這個外國醫生，我想，Hydra 也看出柚子只是逞口舌之利罷了，但 Hydra 的眼神卻很嚴肅，似乎思索著柚子的說辭。

「你說的對，光是針對你的心理機制治療只是假象地面對問題罷了，用傳統的宣洩治療，讓你大哭一場說出心裡的私密，並不能解決問題，因爲治療後你仍要走進價值扭曲的社會……但是，要改變整著社會的價值太困難了，我想，只剩下兩個辦法了。」

Hydra 醫生若有所思。

「哪兩個辦法？」我忍不住插嘴道。

Hydra 醫生冷冷地說：「第一個方法，就是殺光所有的女人，這樣一來，再長的陰莖也無用武之地，所有的陽具都將回歸排泄使用的平等地位，你也不會有這樣無謂的困擾了，只是這方法成本太大，也未必可以殺乾淨。」

啊？這算什麼？黑色幽默？

我還在驚剎不定時，柚子已經笑倒在沙發上了。

「第二個方法呢？快……快說……」柚子笑道。

「找到聖誕老人。」Hydra 醫生靜靜地說。

05 聖誕老人

我看著 Hydra 醫生無框眼鏡後的眼睛，那瞳孔在淡藍色的眼珠裡急速收縮，好像發現了什麼令人興奮的事物。

Hydra 一點鬍碴也沒有的潔淨臉龐，突然綻放出奇異的笑容，開口說道：「你有沒有想過，有一天，如果你遇到能給你任何禮物的聖誕老人時，你會開口跟他要什麼禮物？」

柚子頗為詫異，失笑道：「這也是治療的一部分嗎？」

「你說是，它就可以是。」Hydra 醫生平靜地說。

「ＯＫ，我會跟他要一根雄偉的陰莖。」柚子強忍著笑意說道。

Hydra 醫生問：「難道陰莖比無盡的財富或成千美女來得誘人？」

柚子不以為然地說：「雖然說，金錢或權力是最好的春藥，但是我只要肯鑽營個十年二十年，我也許就可以當自己的聖誕老人，帶給自己名利，但是一條長在自己身上的雄偉陰莖，卻不是錢可以換來的，so，要是真有奇妙的願望可以許，當然就要許窮究一生都無法追求到的東西。」

我聽了，真覺得柚子是個很奇特的人，或許他只是在嘻弄 Hydra 醫生，但是他的這番見解卻教我大開眼界。

柚子也許沒錯，以他的頭腦——沒準備就贏得國際奧林匹克化學競賽銅牌獎的天才頭腦（會來唸師大是因爲柚子想當老師，好接近國、高中的美眉），柚子想賺大錢大可以當補習班名師，甚至，他的頭腦可以迅速適應各種產業，事業有成絕無疑問，唯一的罩門就是——柚子太貪戀美色了。

爲了美色，柚子需要一條陰莖。

眞難想像聖誕老人從紅色大背包裡拿出一條大陰莖的樣子。

「一切都是社會上陽具欽羨的價值壓垮了我。」柚子振振有詞地說。

Hydra 醫生說：「可是，這世界上沒有眞正的聖誕老人。」

柚子說：「所以我的病永遠都不會好了？」

Hydra 醫生搖搖頭，說：「不，雖然本來沒有聖誕老人，但是，你可以是第一個聖誕老人，你自己專屬的聖誕老人。」

柚子擠弄著眉毛，說：「這是什麼鬼療程？童話治療法？」

「你願意接受我的催眠治療嗎？」Hydra 醫生的眼睛又綻放出異樣的神采。

「啊？不會吧，要是醒不過來怎麼辦？」柚子吃吃地笑。

Hydra 醫生說：「我使用的催眠法不需要你睡著，也不必你刻意放鬆，所以根本沒有醒不過來的問題。」

「Well，那可以啊，順便問出我的前世是誰好了。」柚子一派的滿不在乎。

「柚子你不要刻意抗拒喔，我還沒看過現場催眠，今天倒要見識一下。」我說。

聽說催眠無法對心存懷疑或抗拒意識的人產生影響，柚子玩心太重，多半會搞破壞，而我卻很想一睹催眠的神奇，於是出言提醒。

「抗拒也不打緊，只要記得凝視著我的眼睛。」Hydra 醫生笑著說。

「怪怪，哪有這種催眠法？」柚子跟我使了個眼色，似乎告訴我他想抗拒看看。

「看著我。」Hydra 醫生坐在柚子面前，凝視著柚子的雙眼。

柚子也凝視著 Hydra 醫生，手指卻在背後比著「YA」的勝利手勢。

五分鐘過去了。

Hydra 醫生沒有說什麼「放輕鬆」或任何幫助催眠進行的術語，只是很自然地注視著柚子的眼睛。

「你看，我抗拒成功了吧？」柚子說著，眼睛仍然盯著 Hydra 醫生湛藍的眼神。

「沒有人成功抗拒過。」Hydra 醫生輕輕地道。

「嗯？我並不覺得自己被催眠了啊？」柚子不以爲然地說。

事實上，我也不覺得柚子有什麼異樣。

Hydra 醫生並不在意，說道：「讓我們跟你的身體對話吧，幸運的話，你已經成爲聖誕老人了。」

柚子沒有頂嘴，一副摸不著頭的樣子。

Hydra 醫生說：「人體之所以會有極限，在於人誤以爲他眞有所謂的界限，所以人跑不過獵豹，游不過鯨豚，打不過獅虎，不過，要是人一開始沒有畫地自限，很多極限根本不存在；我幫你催眠，正是要你忘了你自己身體的極限，以便重新接受新的可能。」

柚子「噗嗤」一聲笑了出來，說道：「你是說，我現在可以跑得過獵豹、游得過鯨豚、打得……」

「不。」Hydra 醫生打斷柚子的話，說道：「你對速度或體力的期望不夠熱烈，效果有限，因此我們只能跟你最希望的奇蹟主角——陰莖，做最深度的對話，讓它跨越意識封印。」

不等柚子反駁，Hydra 醫生說道：「你的選擇來臨了，你現在就握有主宰陰莖大小的選擇權，只要你現在對你的陰莖下命令，就可以扭轉你的人生！」

柚子失望地說：「住院醫生什麼時候才會來？」

Hydra 醫生聳聳肩，說道：「不知道，我只知道你現在握有超越極限的機運，你卻決定讓它從手中失落。」

我跟柚子彼此怪異地對看了一眼，我想，這個醫生不是學藝不精，就是冷場王。

「好吧，我說啊，陰莖先生，請你開始長大吧！」柚子又好氣又好笑地摸著自己的褲襠說道。

「很好，你已經對自己下了暗示，現在繼續看著我的眼睛，我幫你決定暗示條件。」Hydra 醫生露出溫暖的笑容說道。

「暗示條件？」柚子疑道。

「就是陰莖長大的條件，我想，爲了幫助你早點達到自己的夢想，我幫你下一個便於快速長大的條件，請再看著我——ＯＫ，我下好了，你們可以離開了，我會跟住院醫生說你的確患有嚴重的憂鬱症，以便你下次看診順利，不，你不會再憂鬱了，祝你幸福，還沒請教你的名字？」Hydra 閉上眼睛，然後又張開，站起來準備送我們出去。

「朋友都叫我柚子，等等，到底是什麼條件？」柚子狐疑地問道，拿起沙發上的背包。

「柚子是嗎？嗯，柚子。」Hydra 默唸著，像是要把柚子的名字放在他腦中的檔案櫃裡。

「嘿，到底是什麼條件？」柚子雖不相信 Hydra 所說的，仍好奇地詢問。

Hydra 的臉上再度浮現和煦的親切笑容，說道：「這是職業祕密。」

06 集體戰慄

我們沒有再多問就離開診療室了。

沒道理追問。

事後回憶起來，就算問了也沒用。

走在臺大醫院的走廊，我跟柚子決定今天不等什麼住院醫生了，反正 Hydra 醫生會轉告柚子的情況，柚子也說他太累想回寢室睡，累積病歷過幾天再說好了。

「你有沒有注意到剛剛診療室的護士？她居然一直趴在桌上睡覺！」柚子說。

「公家機關就是混得兇，所以我才想當老師。」我說。

「你等一下，我去上個廁所。」柚子說完，逕自跑到醫院的男廁小解。

我望著醫院牆上佈告欄「如何防治高血壓」的演講海報，腦中卻想著剛剛那位奇特的外國醫生。

超隨和的一位醫生，怪英挺的高大身材，身上沒有一絲香水味，臉上更是潔淨異常，我推想，Hydra 應該有很嚴重的潔癖，是個連古龍水也不沾的清潔狂。

柚子向我跑來，臉上有股似笑非笑的氣色。

「我剛剛尿尿的時候，小雞雞真的有點怪怪的說，好像……好像是活的一樣……」柚子古怪地看著我。

「心理作用啦，走了好不好!?你可要請吃早餐。」我笑著說。

這時，醫院的大廳突然傳來一陣驚叫。

我跟柚子好奇地往大廳一瞧，只見大廳上的人成輻射狀地向四周快速退散，人人臉上都是驚恐的神色，像是在閃避什麼怪物似的。

站在大廳中央的，正是剛剛我們在診療室裡看到的偷懶護士。

這個護士現在可一點也不偷懶。

身上都是血跡的她，正忙著用一把大剪刀，戳著身旁嬰兒推車裡的稚兒，無視早已血肉模糊的嬰孩，她一刀接著一刀，眼神空洞地刺、刺、刺、刺，倒在一旁的嬰孩母親滿臉的驚怖，似乎被突來的謀殺震懾住，口中什麼聲音都發不出來。

護士停手了。

她環顧大廳四周，茫然的眼神似乎正尋找著……酷刑的下個目標。

她的眼神停在服務台旁——一個少婦襁褓中啼哭的嬰兒。

護士再度揚起剪刀。

護士機械般動作地走向嬰兒。

少婦大驚，拔腿想逃，腳卻一動不動，看來是腳軟了。

擠在大廳周緣的眾人居然也沒有行動，我能理解，因爲這血腥的場面太魔幻、也太突然了，倏然的殘暴執刑癱瘓了所有圍觀者的心智。

但是，這裡有所謂的圍觀者嗎？

我怎麼覺得大家都是被害者？

每個人都被無形的殘忍凶器虐殺著，我彷彿聽見震耳欲聾的集體戰慄。

「快逃！」一個坐在輪椅上的老人突然大喊。

抱著嬰兒的少婦這才回過神來，驚慌地逃開，無奈周圍擠滿了人，少婦只好繞著人群裡側狂奔，而渾身是血的護士追在其後，一刀一刀往少婦懷裡刺去，少婦只得以手臂護住嬰兒，忍著剪刀在手上的刺傷，痛呼：「快讓開一條路！」

眾人害怕自己讓開會遭到利刃波及，只是一起往後退了一步，居然讓荒謬的追殺持續在大圓圈裡公然行刑，少婦爲了手中的嬰孩不停地狂奔狂叫，手臂上因刀傷湧出的鮮血滿場飛濺。

吵喳！

啊啊啊啊呀!
快讓開!

這時，一個穿著工友衣服的中年男子從人群中衝出，大喝一聲，拿起拖把砍向護士的後頸，護士悶吭一聲倒下，眾人於是一擁而上，欲將護士擒下，不料一靠近倒在地上的護士時，大家竟一起哀聲倒下，捧著自己的腳踝呼號，原來，那倒地的護士猛然抓起凶刀，飛快往旁邊劃一個大圓，割傷群眾。

正當護士重新站起、欲追殺嬰孩時，忽然一道黑影以不可置信的身手，從醫院門外撞破玻璃，跳到護士的背後，反手在她的脊椎骨上一斬，「咯」的一聲，那護士終於慢慢垂倒。

「這個城市究竟是怎麼了？」黑影的主人嘆道。

一個下巴蓄滿鬍子的獨臂人。

大夢初醒的警衛蜂擁而上，將瘋狂的凶手架出大廳，醫護人員也趕忙攙扶腳踝受傷的群眾和那少婦進急診室。

那獨臂人毫髮無傷，就在他逕自離去時，我注意到他的耳朵上，停著一隻米色的蝴蝶。

這個獨臂人超絕的身手跟那兇殘的護士一樣令人詫異，一樣令人無法忘卻。

好緊……

柚子的手心全是冷汗。

我跟柚子的手不知道什麼時候緊握在一起。

「好慘。」柚子鬆了一口氣說道。

這時，一個高大的身影佇立在我們身後，我們不約而同轉過身去。

是 Hydra 醫生。

「人的潛力真的很奇妙吧。」Hydra 充滿暖意地笑笑。

多麼寒冷的暖意。

我不禁發了個冷顫。

07 昂然吐信

看了剛剛的悲劇，我跟柚子都沒胃口吃早餐了，我們直接回到寢室後，我趴在床上設計教案（設計一個教學課程），柚子又去廁所撒了一泡尿後，就開始大睡特睡。

記得柚子上床睡覺前，還喃喃自語道：「總覺得小雞雞怪怪的……」

柚子一路昏睡，一直睡到隔天中午。

「要不是快尿崩了，我眞想多睡一會。」柚子下床後揉揉眼睛，跌跌撞撞往廁所去。

「豬。」廢人從程式堆裡抽空罵了一句；廢人的程式永遠也寫不完。

「等柚子尿完，我們就一起出去吃午飯吧。」P19說。

這時會長剛好從外面上課回來，開門就說：「嗯，我知道有一家新開的鐵板燒在特價，正好，P19你上次的逃兵典禮還沒請客，就這一攤吧。」

P19看寢室的人都到齊了，也就大方地應允，畢竟那是件大喜事。

柚子回來了，帶著難以理解的怪異笑容。

「阿和，那個醫生好像真的有些邪門，小便時，我老覺得小雞雞怪怪的……」柚子說道。

智障正在穿球鞋，抬頭問道：「你是說那個外國醫生的催眠啊？阿和都跟我們講過了。」

「對呀，就是這檔事，我的小雞雞好像真有點變大耶!?」柚子邊說邊換衣服。

會長突然按下廢人電腦的電源鈕，廢人慘叫一聲，會長說：「白痴，那是你太久沒尿尿，所以被尿撐大了。」

「剛睡醒時本來就會比較大條，這種奇妙的現象我們都叫它『勃起』。」我平靜地說。

「不一樣——不一樣——」柚子碎碎唸道。

「☆▶㊣&※#℃¥……」

柚子後來也沒再多說什麼，直到隔天下午的游泳課。

寢室裡修游泳課的，有柚子、廢人、P19和我。

記得那一天的池畔，每個人都盯著柚子繃緊的泳褲猛瞧。

吉六會會員瞧著，其他五十幾個同學瞧著，連五十幾歲的女游泳老師也斜眼偷瞄著。

因爲柚子的泳褲鼓起好大一坨。

「藏在裡面的，該不會眞是超大的雞巴吧？」每個人都這麼想著。

柚子自己倒顯得很平靜，但吉六會會員都瞧出柚子那種「奇貨豈敢自珍」的得意模樣。

一個體格健壯的同學在做熱身體操時，偷偷走過來問：「大哥，你那是襪子嗎？」

「小弟，你那是鉛筆嗎？」柚子拍拍他的肩膀。

那同學不知如何應對，只好悻悻地在一旁曲腿。

「今天風和日麗，好想裸泳，」柚子看著游泳池，說道：「聽說裸泳有益身心健康。」

我靠了過去，小聲說：「柚子，快說，你塞了什麼東西？襪子？」

廢人也湊了過來，說：「你那義肢是什麼牌的？NIKE？還是牛頭牌？」

「雪特，我這可是貨眞價實的大奇葩，我看那洋鬼子的催眠是眞的了。」柚子說完，深呼吸一口，又說道：「今天中午我拿尺量了一下，竟足足有十六公分半。」

「十六公分半？」我不置可否地說。

「而且還是沒有勃起的時候量的。」柚子的眼睛沒離開過游泳池的波面。

「不相信。」P19終於開口了。

P19光著上身，使紫色的嘴唇格外恐怖。

「我知道，唉，偉大的事一開始總是很難使其他人了解。」柚子嘆了口氣，又說道：「所以，今天是我揚刀立威的大好日子。」

這時，柚子突然大聲叫喊：「我就定這一天叫『絕世好屌紀念日』吧！」就這樣

一吼，吸引了原本就議論紛紛的眾人眼光。

接著，柚子以電光石火的速度褪下泳褲，說時遲、那時快，一條蟒蛇應聲彈出，夾雜著女游泳老師的尖叫，每個人都面露重大恐懼。

我敢打賭，在場的每個人永遠都不會忘記那一天的，因爲自卑感從此狠狠地烙印在我們胸口。

柚子大吼一聲，甩著一條巨大的黑影奮力躍入水中。

我忘記當時池畔是掌聲大些，還是因受驚大罵「幹」的聲音大些，甚至還有一個壯漢因此給嚇得摔入水池。

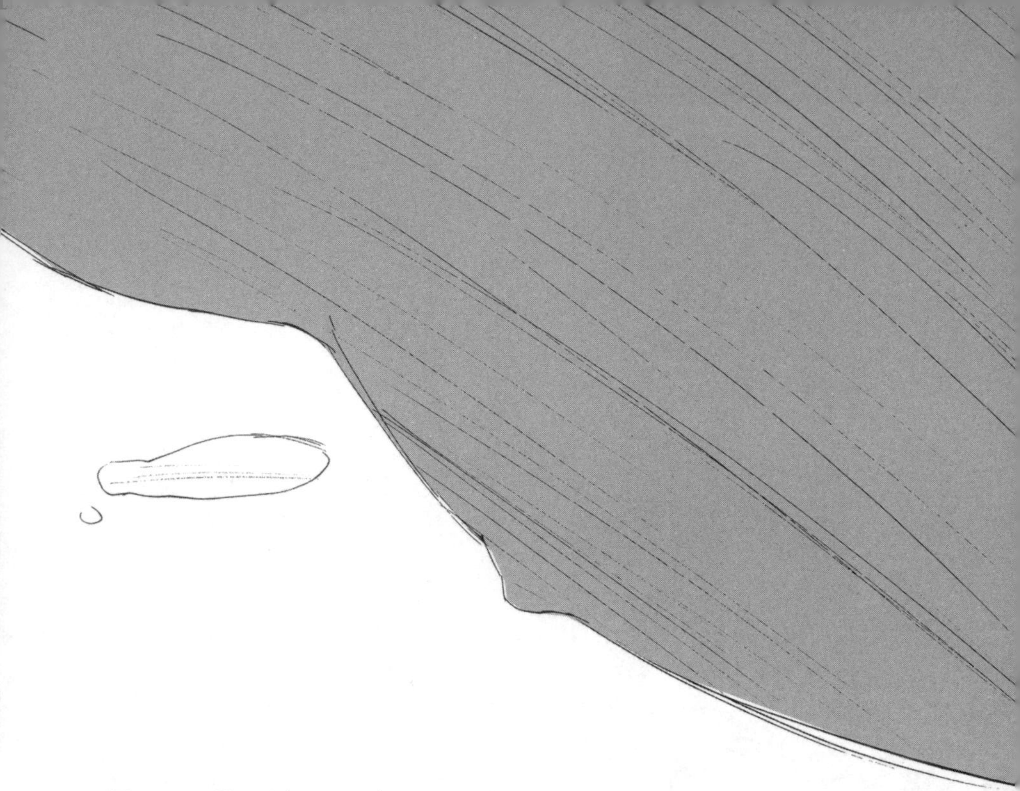

女游泳老師哭了，五十多歲的歐巴桑哭起來怪難看的。

「下水啊!?」柚子在水中大叫。

他知道經此生平最重大一役後，他已一戰成名。

不必料想亦知：游泳課後的一個小時內，水怪男的屌號定將揚威師大，三小時後鐵經由網路，撼爆全國各大專院校。

「馬的，你那條是眞的假的!?」廢人失聲叫道。

廢人已經半年沒罵粗話了，甚至昨天會長切掉他電腦的電源時，他也只是哀嚎了一聲，可見柚子的雞巴有多震撼人心。

我游到柚子的身旁，忍不住潛進水裡一探虛實。

怪怪！雖然這條怪物不怎麼粗，但是十六公分半的鰻身隨著水波晃動，我險些在水裡吐出來。

「借看一下！」「可以摸嗎？」「你都吃什麼啊？」「是遺傳嗎？」

「你的女朋友還能走路嗎？」「你一定是黑人的混血兒！」「幹，好噁！」

「等一下，我回寢室拿照相機！」「你去參加電視冠軍啦！」

許多同學，不，所有的同學都圍了過來，七嘴八舌地品頭論屌一番，弄得柚子怪興奮的，吉六會其他三個會員在旁邊也頗感沾光。

也許眞的是太興奮了，駭人聽聞的慘劇就在短短幾分鐘內發生。

「他——他勃起了!!」

一個瘦小的同學首先驚呼。

「幹！」「操！」「快逃！」「那是三小!?」「快逃就對了！」

一陣逃竄的不安叫聲中，柚子挺起一隻尺寸不明的絕世好屌，硬邦邦的恐怖水怪睥睨著泳池群雄，柚子怒吼一聲，還故意游起誇張的仰式，那一隻大水怪就這樣筋肉糾結地昂然吐信，這樣超寫實的「極不眞實」情景，看得眾人瞠目結舌，還有人拔腿就跑——倒不是眞的逃命，而是衝到置物櫃拿出手機，撥給同學叫更多人來瞻仰，池畔池內皆是一片慌亂。

「快……快！誰去拿把尺來！」我也著急起來，眞想知道這一條龐然大物到底有多長。

「打電話叫會長來看！」P19 差點也想衝到置物櫃。

「回去寢室會長跟智障就可以看到啦！」廢人說著，即時拉住 P19。

柚子拚命地游仰式時，突然痛呼一聲，沉入水裡，隨即迴身出水，大叫：「是誰!?」

柚子身邊的池波上飄著一條紅色橡皮筋。

「一定超痛的吧!?」廢人撿起那條橡皮筋。

嗯，當然沒有人承認，但這一個偷襲令柚子不敢再游仰式，也「啪」一聲將大水怪打回小水怪。

難忘的游泳課。

08 校園神話

無論如何，今天，十月二十三日，將它定爲「絕世好屌日」絕對夠資格，柚子大大地露臉，爲下次競選吉六會會長奠定摧枯拉朽的戰績基礎，更在不到兩個小時登上BBS校園看板的熱門標題人物。

標題很多，僅摘記數則：

「請問今天有上游泳課的同學……水怪事件的眞假？」 Reply 2023 篇

「一條約莫二十五公分的大屌……池畔驚魂」 Reply 602 篇

「請問因水怪事件受驚的夥伴，哪裡可以收驚？」 Reply 243 篇

「聽說游泳池出現大蟒蛇——女老師還嚇出尿來？」 Reply 328 篇

「請問水怪的主人是哪一系的？」 Reply 301 篇

「我用橡皮筋爲民除害！！！」 Reply 1497 篇

就醬子，柚子變成了傳說中的校園神話。

寢室，晚上八點半。

「我的天，眞了不起，我看會長讓給你做好了。」會長端詳著柚子的雞八讚道。

「你去吊陰吊壞了？」智障的臉露出「很痛」的表情。

吉六會的人都到齊了，我們把寢室的大燈關了，只留下一盞桌燈，因爲從下午游泳課結束後，寢室的門板就一直沒停過「咚咚咚」的敲門聲，門外聞風而至的無聊同學絡繹不絕，爲了專心開會與評鑑，吉六會只得熄燈裝睡。

柚子光著身子，觀察著，不，睥睨著大家的反應。

看著看著，我覺得柚子的雞八有些異樣。

「柚子，你的雞八是不是又變長了？」我說，拿了一把尺過來。

「我自己也有這種感覺，我早說過了，這條雞八好像是活的一樣。」柚子笑著說，手中接過我遞過來的尺。

柚子量了量，喜道：「十八公分半，又多了兩公分！」

吉六會會員彼此詫異地對望了一眼，不知道該說些什麼，也完全被超自然的奇景弄得摸不著頭緒。

「你比我看過的A片演員都猛多了，怎樣？要不要去日本應徵AV男優？」智障說。

柚子揮揮手，忙道：「免了，我只要一夜情大發利市就滿足了，今天游泳池那件事只是出於一時衝動罷了。」

「少來，我看你已經計劃要露雞八上課對不對？」會長大笑道。

吉六會全都笑成一團，柚子的雞八更因他笑得太厲害而甩個不停，好像馬尾巴一樣，大家看見了，益發笑得東倒西歪。

「露個一個星期紀念總是要的。」柚子在大笑中說。

會長拿起吉他，彈起自己編曲的〈英勇的吉六會〉，大家各自拿起響板、三角鐵、臉盆，敲敲打打地大唱起來，直到白癡舍監敲門爲止。

這就是「絕世好屌日」的夜晚，吉六會在嘻笑跟讚嘆聲中入眠。

睡覺前，吉六會每個人都許了個願望。

柚子首先致詞：「希望千人斬早日完成。」

會長雙手合十道：「希望婉琪學妹早日被我的眞心感動。」

我聽了，想起苦追不到的女孩曉曉，也說道：「願曉曉倒追我。」

廢人在床上敲著筆記型電腦，說：「希望會長不要再隨便關掉我的電腦了。」

智障笑了出來：「希望會長聽得到，嗯，我倒希望我的小雞雞也能長大。」

P19也正色道：「我也是，快長大吧，快長大吧……」

我想，要是時光倒轉，很多事都會大大地改變，悲劇也許可以提早落幕，是的，那一晚，沒有流星的夜晚，那些願望改變了吉六會。

□

第二天，柚子眞的露出雞八（這時候稱它叫小雞雞未免有失尊敬）去上通識課「天文學導論」。

雖然課堂上的女生個個面露驚駭與不屑，卻沒有一個發出抗議或走出教室，只是不停地竊竊私語，就連教授也是心不在焉地亂上一通，誇張地把星矢的「天馬座」畫成紫龍的「天龍座」。

你也許正在想……爲什麼柚子要這樣做呢？有人眞的會在課堂上遛鳥嗎？

可是，你有一條十八公分半的雞八嗎？

沒有，我也沒有，所以我們當然不能理解

有一條十八公分半雞八的人的想法。

你或許也會想……爲什麼課堂上沒有人喝斥柚子的暴露行爲？

但是，你看過有人甩著一條蟒蛇上課嗎？

沒有，所以最好不要輕易高估自己的反應。

下課時，柚子也是大搖大擺地走去下一節課的教室，沿途有兩輛腳踏車摔倒，一台轎車撞上路燈，四個教職員的小孩嚇哭。

柚子的旁邊、後面還跟著一大群好奇的同學，我遠遠看著，心想：還好柚子住在宿舍裡，要不然他通車上下學的話，一定會在車站引起暴動，也穩被警察抓走的。

09 實驗

當天吃過晚飯，我跟柚子、智障、P19、會長一起去華納威秀看了場電影，慶祝柚子願望成真。

散場後，我跟會長坐在戲院裡的「漢堡王」等待柚子三人解手，等了幾分鐘，我看見柚子三人比手劃腳興奮地走來。

智障漲紅著臉笑說：「P19 剛剛跟我一樣，都感到雞雞有點怪怪的，好像，好像突然活起來……這已經不是今天第一次說……」

P19 也顯得很雀躍，說：「我今天已經有兩次這樣了，每次都覺得雞雞自己在蠕動一樣，跟柚子的情形很像……雖然沒用尺量，但我目測起來，我的陰莖好像變大了些。」

柚子笑笑，說：「別說你們，我剛剛尿尿時也一樣，或許，我已經發現我雞雞長大的條件，嗯，阿和，我想尿尿就是 Hydra 醫生說的暗示條件，回憶起這三天來，我總是在小便的時候感到陰莖一陣抽動，這種抽動很怪，不是小解後常有的全身冷顫，而是陰莖自己抽搐起來，感覺……感覺陰莖在那一剎那變長了些。」

柚子說話似乎太大聲了，漢堡王裡的顧客都投以恥笑的眼神，於是我們趕緊拉著又想揚刀立萬的柚子離開。

我邊走邊問：「你的情況我相信，因爲事實擺在眼前，但是智障跟 P19 怎麼也會有同樣的感覺？我是說陰莖抽搐？」

P19 跟智障都表示，一切都先回到寢室，等進行進一步的科學實驗再說，於是我們急急買了宵夜就回到師大。

實驗的現場是這樣的：

三瓶 2000 C.C. 的超大瓶可樂擺在地上，

一只橘色的廉價大水桶放在可樂旁，

一捲嶄新的布尺握在會長的手裡。

會長凝重地說：「人體最神祕的謎團馬上就會解開了，請各位務必抱著嚴肅的心情與謹愼的科學精神，一同參與這項神聖的實驗，首先，我們有請 P19、智障和雞八超人——也就是柚子，一起喝下這三瓶大可樂，能喝多少就喝多少，開始。」

接著，柚子三人自虐般灌起可樂，三人都灌到不行才放下飲料。

「現在開始靜坐，有尿意的人就舉手，尿在桶子裡。」會長領袖般道。

智障立刻舉手。

「請。」

智障拉下褲子，拿出一條頗爲可觀的陰莖。

「等等，要前測。」廢人突然說，從會長手中接過布尺，伸量智障的陰莖。

廢人說：「報告，前測十二點六公分。」

智障點點頭，暢然尿下，一時間尿臭急速污染了吉六會會所的空氣分子。

一尿完，智障的陰莖果然明顯地收縮擴張，抽動了近三秒，不知是不是眼花，還是錯誤的心理預期引導，我覺得智障的寶貝眞長大了些。

廢人拿著布尺，表情複雜地伸量智障的陰莖。

「報告，後測十三點五到十三點六公分。」廢人說。

「很好。」會長摀著鼻子說。

十分鐘後，柚子跟 P19 一齊舉手。

「How about go together？」P19 說。

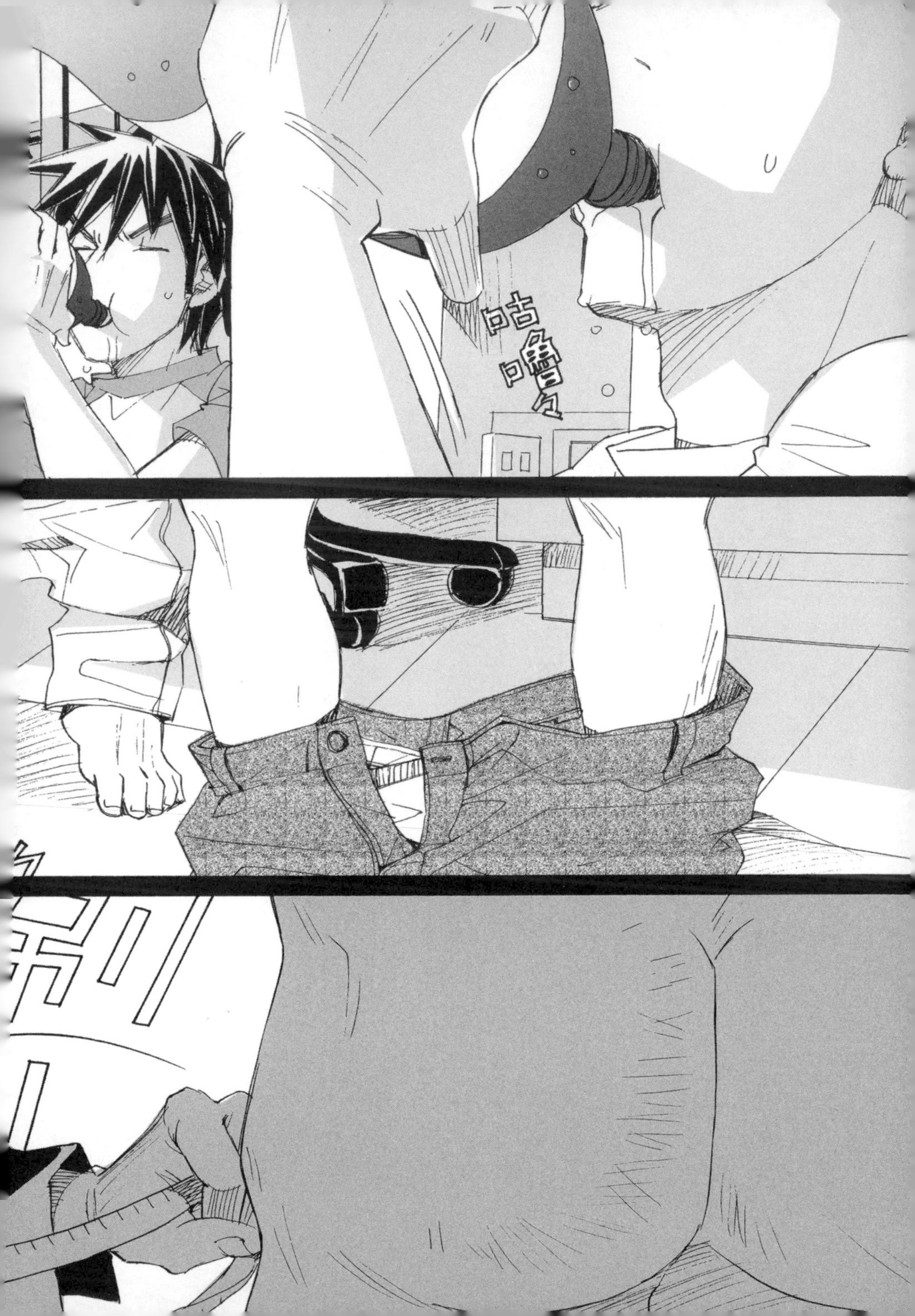
咕嚕

咕嚕ㄙ
叭
嘩啦ㄙㄙ

「Why not？」柚子說。

廢人痛苦地丈量後說：「報告，前測甲，十一點零公分，前測乙，二十點五公分，啊，好臭。」

接著又是一次亂倒垃圾的環境污染，大氣層瀰漫著死亡的氣息。

「後測甲，十二點零公分，後測乙，二十一點五公分。」

柚子點點頭，嘉許地說：「很高興實驗成功了，我們有了明顯且有力的結論：每尿一次，我們三人的陰莖就會長大約莫一公分，這是我們的一公分，卻是人類的一光年。」

「先把尿倒掉再說，寢室的臭氧層已經開始出現破洞了。」會長臭著臉說。

「是，會長。」智障拿起尿桶，往窗戶外一潑。

P19思索著說：「柚子是受到催眠的暗示，那我跟智障的陰莖爲什麼也會長大呢？難道是因爲昨晚我們許的願望？」

智障聳聳肩，說：「不然呢？我很確定是昨晚許的願望實現了，我的雞雞本來只有大約七公分多，現在卻變成十三多公分，這……這也太明顯了吧!?我剛算過，從今天早上到現在，加上剛剛那一泡尿，我共小便了六次，剛好是多出來的六公分。」

「嗯，我不知道我本來是幾公分，但是絕對比現在小很多。」P19說。

「三個人了，我是受到催眠的暗示，這是理所當然的結果，不管有多不可能，不管催眠是否眞能控制人體到這種地步，我的陰莖變大終究可以追溯出一個看似合理的起因，但是P19他們只是許願就能使陰莖變大，眞教人不解。」柚子說。

我突然靈光一現，說：「而且變大的條件都一樣！」

會長說：「也就是說，P19跟智障也被催眠了？被誰催眠？難道是柚子？」

「我可沒對他們做出什麼，」柚子繼續說道：「不過很明顯的，既然P19跟智障陰莖變大的條件跟我一樣，非常有可能，非常有可能是受到我身上的催眠指令間接影響，才……」

「太玄了吧，我們只是開玩笑地許願罷了！」智障端詳著手中的大陰莖說。

「呵，反正也沒什麼不好，這種東西還是大一點的好。」P19摸摸陰莖，笑著說。

「碰！」

此時寢室的門突然被撞開，舍監怒氣沖沖地拿著警棍站在門口，頭上濕濕的，身上還散發一股濃重的尿騷味，叫道：「是不是你們潑的尿？」

10　廖該邊

這個氣瘋的舍監姓廖，眞名不詳，也沒人想知道，我們都管他叫「廖該邊」捉弄他；「廖該邊」就是台語裡「在鼠蹊部抓癢」的意思。

廖該邊個性古怪，有相當嚴重的潔癖——生理潔癖跟心理潔癖兼具，他看不慣廁所裡用過的衛生紙「疊得不整齊」，也聽不慣走廊的運球聲，更別提他抓到女同學出現在男舍時發出的咆哮，跟經常糗他的本吉六會更是仇敵。

不過這一次也不怪廖該邊，誰被劈頭淋上一盆臭尿還會心平氣和？只是他立刻查出是本吉六會所爲，眞是可怕的動物直覺。

「你們在做什麼猥褻的事！快把它們收起來！」

廖該邊看見寢室裡有三個人掏出大小不一的巨蟒把玩，有聖潔癖的他大吃一驚，憤怒地狂吼：「太不乾淨了！居然這樣褻瀆求學的聖堂！」還用警棍猛力揮擊門板，把木門擊出一個凹陷。

柚子三人被這兇煞嚇到，慌慌張張將褲子穿好，斗大的汗珠滾落，會長、廢人和

我也嚇得不知如何應對。

「我就猜是你們！這兩天那麼多人圍在你們寢室外面，鬼鬼祟祟的，我就知道你們絕不是在幹什麼好勾當，沒想到……沒料到你們竟是在集體褻淫！聖經上說：『上帝不喜歡男人跟男人睡覺』，就是指你們這些敗類……好！一個個都給我站好不准動，站好！」

廖該邊叫囂著，手中的警棍往我們六人身上不停揮落，打得六人又叫又跳，引來同樓層的學生堵在門口圍觀。

畢竟是自己理虧，被傳出去也很不好聽，吉六會索性咬著牙任廖該邊毆上一頓，大家心裡抱著：如果你打過了我們，還上報學校，我們就上法院告死你的想法。

還好門邊圍觀的學生很

多，廖該邊也不敢太過囂張，打了一陣就氣呼呼地離開，大伙鬆了一口氣，將門重又關好，一起坐倒地上，幾秒後，我們不約而同相視大笑。

「幹！還好我們鋼筋鐵骨，正好練身體。」

「是廖該邊早洩無力才打得那麼輕。」

「算了，看在他身上臭尿的份上原諒他一次。」

「早知道我們其他人也尿上一泡，幹……」

柚子笑著說：「回到剛剛的催眠吧，我記得，我在接受 Hydra 醫生的催眠治療時根本不覺得有任何異狀，也沒有記憶不連續等現象，治療過程無聲無息地展開，也一無所覺地結束，大概是國外最新最好的催眠治療吧，因此，照這樣推想，我認爲智障跟 P19 會毫無意識地接收我身上的催眠暗示，也不是不可能的。」

「會不會太玄了？催眠暗示還會傳染？又不是活的東西，催眠的指令怎麼可能跑來跑去，還正好跑到昨晚許願的人身上？」會長懷疑地說。

「也許是湊巧，但也許眞的是 P19 跟智障當時許下願望時，所抱的誠意是很大的，這份誠意跟我我體內的催眠指令產生感應，所以催眠指令自動複製到他們的身上，產生同樣的效果。」柚子幽幽地說。

P19說：「我當時的確有些心動，但也談不上深具誠意。」

智障也點頭附和。

柚子說：「也許只要有一點心動就可以了。」

誰知道呢？

「不管了，至少到目前爲止都是好事，大大的好事。」P19忍不住又掏出陰莖，說：「今晚再尿幾次好了。」

廢人的眉頭緊皺。

「如果一直長大下去呢？」廢人問。

一時間無人接腔。

「不會吧，Hydra醫生應該也下了停止的指令才合理。」我說。

這是理所當然的吧，Hydra醫生不可能讓柚子的陰莖這樣無限制地長大下去，再說，人體仍該有它的物理或化學限制，就算Hydra醫生忘了設定何時停止的指令，柚子的身體也會發出警訊停止這麼荒謬的事……難不成就這樣放任陰莖變成一條消防水管？

我於是說道：「也許陰莖要長到柚子心裡滿意才會停下來。」

「嗯，要是每尿尿一次就長大一公分，一個月後我不就真要『拖著沉重的懶趴』！成了最顯眼的怪物!?」柚子笑道。

我注意到柚子的笑意中有股尷尬與不安。

智障跟 P19 也感染了那股不安。

「不會啦，不要自己嚇自己！」會長站起來，拿起吉他，說：「我來幫你們消消腫，」跟著唱起歌來：「我是一隻小小小小鳥，想要飛卻飛也飛不高，我……」

柚子嘆了口氣，打開電腦，又開始尋覓他的一夜情對象，大概一小時後，柚子梳理一番便開開心心地出門了。

那晚柚子並沒有回寢室睡覺。

我們知道柚子成功找到獵物了。

睡覺前，智障跟 P19 居然也上網找尋辣妹，P19 說：「聽說年紀小一點的可以補眼睛，我近視太深了，所以……」

多可笑的理由。

11 錄音帶

隔天早上吉六會會眾都有必修課，大家都起得很早，智障跟 P19 小便時又發現雞雞抽動長大，心中一喜一憂，只盼從柚子身上早點得到解答。

中午，柚子神色緊張地坐在電腦桌前等我們回來，他額頭上斗大的汗珠滾滾直落，焦躁地急敲鍵盤，一看到我們五人結伴回來，立刻抓住智障的肩膀，問：「你們今天又變大了嗎？」

「嗯，我今天早上了兩次廁所，所以應該長了兩公分吧。」智障說。

「我長一公分。」P19 說。

柚子聽了，緊張地說：「事情眞有些不對勁，我的陰莖還沒停止變大，我……我不敢上廁所，怕它無限制地一直長下去，怎麼辦？」

我說：「是不是你身體的潛意識認爲你的陰莖還可以再長，所以沒有阻止？」

柚子立刻拉下拉鍊，一條長及膝蓋的大陰莖垂軟而出，吉六會五人相顧失色。

「天哪，你量過這幾公分沒有？」廢人倒退了一步。

「二十五公分半，你們說，我的身體爲什麼還不停？正常的身體眞的可以允許它長這麼大嗎？」柚子邊說，邊把鼻頭上的汗珠擦掉。

「會不會是你心底覺得還要更大？所以……」會長問。

「絕無可能，我的要求沒那麼誇張。」柚子的腳成八字狀，強拖著暴漲的尿袋站著，一定令柚子很不舒服。

「你怎會一個晚上大了四公分，昨晚……？」我問道。

「昨晚我跟一個女教授上床後，把她插了個死去活來，一直幹到她求饒爲止；今早，我被那女人的尖叫聲吵醒，才發現我竟然尿床，雞八還長成這副模樣，那女人驚慌得穿起衣服就走，連皮包都不拿。」柚子捏著拳頭又道：「你們覺得它還會長到什麼時候？」

我說：「我看等一下我陪你去找 Hydra 醫生吧，你不要憋尿了，先去上廁所，反正再多一公分也沒差別了。」

智障跟 P19 異口同聲說：「我們也一起去。」

柚子點點頭，一拐一拐地小便去。

臺大醫院精神診療室今天的病人很多，我們等了一個多小時才輪到看診。進去診療室，一個白髮蒼蒼的老醫生坐在沙發上閱覽柚子的資料，兩個護士爲我們倒了幾杯水，至於挺拔的 Hydra 醫生則沒見到。

「請問哪位是林才祐？請坐。」老醫生瞇著眼說。

「我就是，可不可以請問……之前那一個外國醫生是不是還在，很高那個。」柚子急問。

「你是說 Hydra Smith 醫生？他剛巧昨天回東京警視廳了。」老醫生說。

柚子一慌，說：「回去了？東京？」

老醫生說：「Hydra 醫生在東京警視廳擔任刑警心理輔導師跟犯罪分析師，他之前只是來台灣參加研討會，有事嗎？」

柚子神色慌亂，竟不知如何是好，我趕忙問：「請問你們有 Hydra 醫生的聯絡方式嗎？e-mail、地址還是電話都好！」

老醫生說：「我手邊沒有，但要查是可以查出來的，跟研討會主辦單位調研究學者名冊就知道了，但是林先生，你有什麼重要的事要找他呢？」

柚子聽到可以查出Hydra醫生的聯絡方式，鬆了一口氣，說：「請……請不要多問，對不起，我真的很急，可以麻煩你馬上幫我查一下嗎？」

這時，老醫生像是突然想到了什麼，說道：「我想起來了，Hydra離去前曾經交代我，要是有一個年輕人有要緊事要找他，就叫我……就叫我……奇怪，就叫我做什麼我竟然給忘了，他說一定要問出你的名字，不，好像是問出你的綽號……我究竟要做什麼？這可糊塗了我……」

柚子喜道：「對了，我跟Hydra說過我的綽號是柚子！」

老醫生聽了，眉頭深鎖，喃喃唸道：「柚子，嗯，柚子……柚子……」

柚子問：「想起來Hydra交代了什麼嗎？」

老醫生突然眼球繃大，額頭上青筋浮現，緊逼著喉嚨說：「柚子，你幸福了嗎？不，你會來這裡找我，一定是

不幸福了，那麼，你是想知道催眠終止的條件嗎？唉，其實條件很簡單，只要你不執行暗示啓動的條件就可以了，我想你一定發現啓動的條件就是小便了吧，所以，你一停止小便，暗示就不會被啓動。祝你幸福。」

老醫生這番話的語氣跟語調，完全是 Hydra 醫生的口吻，好像是 Hydra 將老醫生製成了他的「錄音帶」般，我跟柚子全身毛骨悚然，空氣一下子詭譎起來，智障跟 P19 面面相覷。

老醫生說完「祝你幸福」後，便跳到桌子上，又說道：「嘻嘻，聖誕老人還要送你個禮物。」

語畢，老醫生竟拿起桌上的原子筆，往自己的太陽穴一刺，一聲不吭就摔下桌。

兩個護士見狀嚇得大叫，我們也全癱在地上。

看著深褐紅的血慢慢地漿滿地板，老醫生眼看是活不成了。

褲襠裡熱呼呼的。

我失禁了，其他三人也是。

「它剛剛又變大了。」柚子看著褲子的隆起處呆道。

12 兵分三路

因爲兩個護士都證明老醫生是自殺死亡，我們在警局很快就做完筆錄，筆錄的過程中，我們沒有提到Hydra對柚子下的催眠指令，卻指稱Hydra一定對老醫生下了某種自殺的催眠暗示，而暗示的字眼很可能就是「柚子」兩字，要求警方務必要求日本通緝Hydra。

但資深的警員搖搖頭大加否認，表示催眠在科學上不可能做到「指使殺人、自殺、促使非自主性行爲」，只能催動一些一般被催眠者經常的行爲，太激烈的行爲被催眠者平常不會做，所以被催眠後也不會做，因而駁斥了我們的說辭。

偵訊時，柚子本想脫下褲子，當場作實驗給刑警看，但是一想到於事無補（陰莖停止長大的暗示條件竟是消極的不小便），只好作罷，不過智障不甘Hydra逍遙法外，眞要掏出陰莖實驗時，立刻被刑警叱喝，最後我們四人只得徬徨無措地離開。

怎麼辦？

我們打電話叫廢人和會長出來，而吉六會在麥當勞討論出的結果是：

Hydra 是一個極危險的罪犯，善於無法抵抗的精神催眠術，這種催眠術不只可以操控人體的極限，還會有條件地複製，並於不同客體上產生同樣的暗示結果，還有，要想去東京找 Hydra 解除暗示、或想將 Hydra 繩之以法，都將是徒勞無功的，因爲即使我們能戒備 Hydra 的催眠，Hydra 也會輕易地催眠任何人來狙擊我們，加上 Hydra

擁有東京警界豐沛的資源，我們更是一點勝算也無。

對了，如果好聲好氣地求 Hydra 解除暗示，也必須冒極大的風險——要是 Hydra 在解除陰莖暗示的過程中，偷偷設定更恐怖的指令，柚子等人簡直任人宰割。

「我又想尿尿了……」智障苦著臉說。

「能忍就忍，想到解決方法前，能忍就忍。」會長輕輕揉著智障的肩膀，試圖爲智障紓解壓力。

「忍什麼！自己說得倒好聽!!」柚子突然瞪著會長罵道：「你們光會嘴上說說，知不知道我們憋尿的痛苦！有種就許下願望！一起共患難！」

柚子的陰莖已經超過二十五公分了，他憋尿的忍耐力幾乎達到極限，但一想到陰莖愈來愈長，在變成一個妖怪以前，能一次大量地尿出來，遠比少量多次地尿成長的速度慢（陰莖成長跟尿的次數有關，跟量無關），柚子三人只得苦苦支撐，脾氣也益加暴躁。

「你胡說八道些什麼？你今天會這樣也是自己造的孽！我們陪在你們身邊，不怕催眠暗示隨時會複製到我們身上就夠義氣了，而你，居然有這種狗娘想法！」會長怒道。

「幹！」柚子別過頭去。

P19緊抓自己的頭髮，紫色的嘴唇已變成醬藍色，憋尿已到了臨界點。

廢人說：「不要吵了，我已經想到幾個方法，只是不知道能不能成功。」

「喔？說來聽聽？」柚子吃力地說。

廢人長於程式設計，思路清晰果斷，看見憋尿三人組的情況絕對無法冷靜思考，於是說道：「你們先一起去廁所，我們再一起討論。」

柚子點點頭，三人一起步履沉重地邁向通往廁所的康莊大道，五分鐘後，三人便輕盈地甩著大傢伙回座。

廢人也不囉唆，說：「第一個方法最能解決問題，但也最難，就是去找其他資深的催眠師治療，用催眠的方法解除原先的暗示，如果能成功，你們三人將可完整無缺地回到原來的樣子，不過Hydra用的催眠技巧聞所未聞，暗示又強烈到可以改變器官的樣態，更恐怖的是，暗示竟不可思議地會傳染、複製，我想這個方法成功機率最低。」

「繼續？」P19說。

廢人於是說道：「第二個方法成功機會不錯，代價卻很高，就是仿效手術前後無法正常排尿的病人，在腹股溝上開個小洞，再插上一根導尿管，讓尿液不經過陰莖排送，直接流出身體，或許可以破解 Hydra 暗示的條件，但這樣一來，你們三個人這輩子都不能劇烈運動，或許連做愛也不能，詳細的醫學知識還要問醫生才行。」

柚子三人面面相覷，大有難色。

「第三個方法，就是動手術閹割，這是無法中的辦法，不過我的想法是，你們的陰莖被腰斬多次後，身體因痛苦的教訓而產生的反抗意識，或許能就此終結催眠暗示，也就是讓身體的潛意識壓過暗示，並非一味消極地閹割。」廢人說。

「也就是叫我們多自宮幾次的意思？老子不幹！」智障怒道，聲音卻在發抖。

「我倒覺得是高招，利用身體的悲鳴壓制外來的催眠暗示，這招痛歸痛，但良藥苦口，一定有效。」會長對廢人的新奇想法大感佩服。

「問題癥結在於，當初催眠暗示會生效、複製，其實跟內心的期望是彼此共生的，所以催眠暗示的種子基礎——也就是慾望，要是太牢固，也許連閹割的痛苦也拔除不了，那就糟了。」廢人說。

「不會吧，閹割一定超痛的，我相信你。」會長說。

「說完了？」柚子冷冷地說。

我說：「我也想到兩個，針灸跟氣功；從這兩方面著手，也許多些勝算，至少在廢人的閹割療法前大可一試。」

「好，這幾天課業就擱著了，我們現在兵分三路爭取時間，誰的方法有效，那個方法就是答案了；智障你去針灸，P19 你去找氣功師，我去找催眠師，在這段期間大家少喝水，盡量用棉花棒滋潤嘴唇，我現在就出發。」柚子說完，拿起背包就要離開。

P19 拉住柚子，說：「放心，要是眞的無限制地長大下去，我們就開記者會，向 Hydra 討回公道，反正事實俱在，Hydra 想賴也賴不掉。」

「用不著找傳媒，要是眞的拖著懶趴走路，媒體自然會找上我們。」柚子低著頭說。

「現在別想這麼多了，阿和，你跟我回寢室上網搜索更多針灸、氣功、催眠師的資料，會長，就拜託你去醫院掛泌尿科問問導尿管的事了。」廢人說完，吉六會就地解散，各自出動。

13 義消

回到寢室上網後，我跟廢人發現一個驚人的事件，趕忙用手機通知其他成員，因爲師大BBS校園討論區出現如下的標題：

我看了水怪後，小弟弟明顯變長了！ Reply 1262篇

救命！怪事臨頭！！ Reply 867篇

我的小鳥好像是活的一樣！怪怪怪！ Reply 1463篇

是錯覺嗎？我的XX每次小便都變大？ Reply 3049篇

於是，我跟廢人追溯原始的文章發表人，發現這四大熱門標題的撰寫者都是在

「絕世好屌日」池畔目睹水怪事件的游泳班同學!!我們設法聯絡到這四人，調查廢人假設的這個問題：「請問你在目睹水怪後，可曾許願希望陰莖變長？」

結果，其中三人承認在當時曾經這樣想過，另一個是在當晚洗澡時許下了願望。再來，我跟廢人要求他們拿尺量量小便前後陰莖的差異，更發現陰莖長大的速度是一樣的！它們全以每次便溺，就長大一公分的驚人速度成長！

我想，他們四個人毫無疑問捲入這恐怖的催眠事件!!

但是，故事接近尾聲了嗎？

不，最可怕的部分才剛開始。

Now，讓我們回到故事的開始，柚子爲該不該尿尿痛苦掙扎的畫面。

已經第十八天了，柚子的陰莖已經停止丈量，因爲我們認爲一條走起路來，總會跟足脛骨碰撞的陰莖是不需要測量的。

而智障跟P19已作了插上導尿管的打算，因爲針灸、氣功跟催眠全都無效，趁陰莖還未超過膝蓋時趕緊忍痛動手術才是解決方法，明天就是他們跟醫院預約的時間。

對了，前兩個星期開始，還有不少游泳班學員和看熱鬧的同學，在游泳課時看見那四個人變大的陰莖，而「羨慕→許願→遭到暗示→雞雞變大」。所以這幾天師大的天空特別慘澹，因爲有愈來愈多人被這種催眠暗示給間接傳染，男舍瀰漫了詭異的深沉氣氛，許多遭受池魚之殃的同學整天蜷窩在床上憋尿，走廊上常可看見撐扶著牆壁、臉色發青的同學慢慢走向廁所。

不過幸運的是，感染到這種暗示的人愈來愈少，因爲大家已經發現事情的可怕跟嚴重性，再沒有人羨慕超大的雞八，所以催眠機制完全停止……停止……超大的雞八在師大男舍成了一種絕對禁忌的圖騰。

接著，宿舍的走廊上時常可見哭喪著臉、捧著水管般陽具走來走去的同學，好像隨時巡邏的義消；這些義消到處串門子，極力打聽還有哪一寢的人也開始出現癥狀，就這樣，義消們開始串連結社，彼此互通聲息，我想，在他們的心中，一定很希望有愈來愈多的同學一起共襄盛舉，我不怪他們，因爲我知道這種心態其實是極度缺乏安全感所造成的，並不是一味想害人。

但，凡事都有例外。

隔壁寢數學系的「青蛙」，一個有歧視狂的冷血男孩，他不只缺乏安全感，陰莖的成長多半也將他最黑暗陰險的一面給激發出來；聽說他曾拿美工刀威脅同寢的學弟，逼迫他說出「我也想要那麼大的陰莖」的願望，當然，第二天，他就只剩自己一個人，守著一間空蕩蕩的寢室。

後來，他夜夜蒙面，穿上深色雨衣，在校園裡埋伏著，拿著水果刀威脅落單的同學，看著他的水管說出願望；一連數天，他被稱作「師大陰莖之狼」，不過這頭狼囂張也沒幾天，就

被埋伏的國術社社長擒服，吆喝眾人當場將他的陰莖切下。

「青蛙」沒死，陰莖隔天又長出來了，而且，仍是愈來愈長。

舍監廖該邊似乎崩潰了，看到那麼多捧著陰莖走路的好漢，他只敢拿著聖經和巨大的十字架坐在交誼廳中施咒，偶爾鬼叫著「上帝幫我驅逐淫邪惡靈」的口號。

我一定得提提家遜，一個很搞笑的樂觀學長，雖然他也是義消的成員之一，但他爲了緩和宿舍裡妖異的氣氛，每天晚上十點整，定時在交誼廳放A片錄影帶給大家欣賞，並用勃起後九十幾公分的恐怖長屌表演奈良漬（註），看得圍觀的群眾瘋狂叫好，甚至連智障跟P19等義消大隊的成員偶爾也下去串串場，帶給宿舍及時的歡樂。

就這樣，日子一天天過了，義消們的寶貝也一天天地茁壯，他們也幾乎不出宿舍大門，課當然也是不上的，全靠自己溫書跟同學幫忙。

此時，一些媒體悄悄盯住師大……

註：旋轉身體噴出體液的絕技，本僅見於漫畫中傳說的極奧義。

14 傑克的懶趴

就在柚子的陰莖突破一百五十公分（不勃起）那一天，宿舍的同學爲這種怪病取了個名字：

「傑克的懶趴」（靈感顯然來自傑克的魔豆）。

好笑嗎？

第二十天，兩個男生在寢室上吊，屍體垂著兩條長屌。

智障跟 P19，還有十幾個遭殃的同學，全都在昨大向醫院報到，躺在手術床上，任醫生在他們的腹側鑽了一個洞，要等一、二個星期，傷口跟導尿管接合完全才能回來。

Guess，他們等了多久出院呢？

答案是一天。

隔天智障等人發現，即使尿液是從導尿管流出，而非正常地經尿道排泄，他們的陰莖仍然快速地抽動、長大，所以當天他們就氣憤地拔掉尿管，瘸著腳走回學校。

他們回來那天，在走廊上集體放聲哭嚎的震撼，至今仍在我耳邊繚繞不絕，那歇斯底里的呼喊，恍若是躺在地獄裡，遭剝皮煎骨的屍塊所發出。

我們能對柚子、P19、智障所做的，僅僅是徹夜談天鬼扯，使他們暫時逃避獨處時無處閃躲的恐懼。智障也努力自得其樂，將三隻小烏龜放在他的陰莖上比賽跑步，看他爲了不讓我們多擔一份心，努力露出笑容的樣子，我幾次都來不及將眼淚偷偷擦掉……

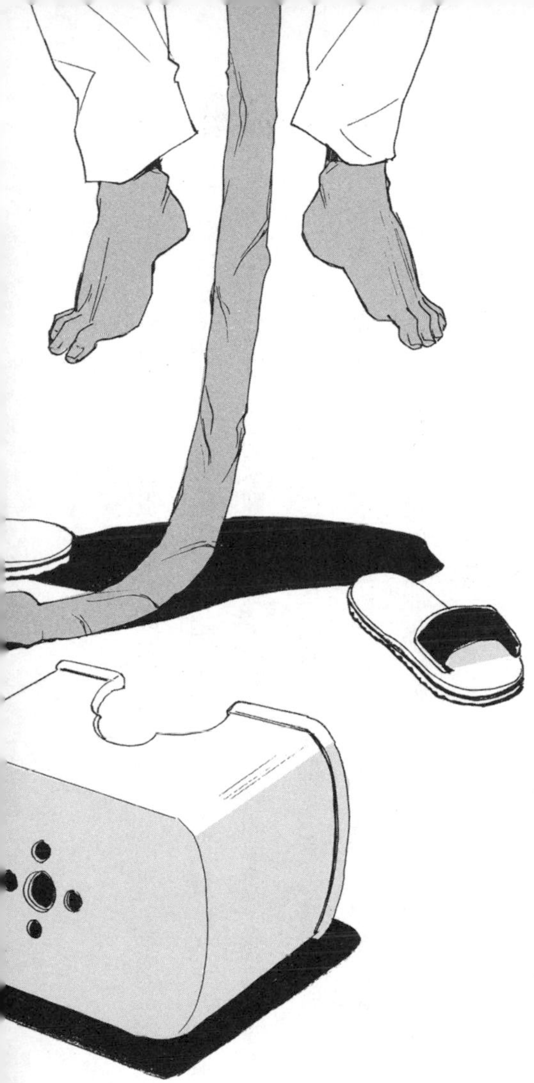

□

事情於此開始複雜，媒體開始報導師大男舍流傳著「陰莖血絲蟲病」，患者陰莖快速成長儼然變成畸形，甚至是另一種殘障，校方無力闢謠，因爲根本就是事實，於是董事會在校務會議裡決議全面對男舍消毒，並準備承受明年招生將面臨不足額的窘境。

雖然家人總會張開雙手迎接自己的孩子，但是大部分「傑克的懶趴」病患都沒有回家治療，因爲智障說：「這裡有很多跟我們一樣的人，我們關在寢室裡還可以互相哭著訴苦，回到家裡，或去了別的地方，我們變成了怪物、畸形，甚至大變態，可以的話，誰想走路時踩到自己的雞八！誰想捧著雞八走路！」

媒體終於來了，爲智障與P19等數十人開了一場記者會，由我擔任指控Hydra的證人，記者會後，國內新聞界、醫學界、輿情譁然，消息當然也震撼了日本，但是Hydra鄭重否認，國際催眠協會也發出聲明支持Hydra，指出催眠絕無可能造成這麼不可理解的怪現象。

Hydra全身而退。

而「傑克的懶趴」患者無路可退，只好退到頂樓。

宿舍的頂樓。

寫到這裡，我忍不住哭了，還記得故事前面吉六會歡樂的氣氛嗎？現在一切都不同了，一切都被陰莖給剝奪了。

學校將【傑克的懶趴】病患隔離在頂樓的房間，禁止沒有穿防塵隔離裝的人員進入，連食水也是用籃子吊上去窗口送給智障、P19他們八十幾個人吃，那些可憐的同學，就這樣成爲被軟禁的鐘樓怪人！誰教智障等人不願就醫！

爲了飄渺的一絲希望，智障、P19 等人利用網路的遠距教學持續課業，我跟會長和廢人，也透過網路與他們聯繫、交談，並不斷鼓勵著他們。

15 頂樓

就這樣又過了一個月，聽說頂樓的房間已經成爲陰莖藤蔓的叢林，陰蝨滿室吸血，「傑克的懶趴」病患一個個瘦骨如柴，但需要的飯菜量卻狂增，P19 寄的 e-mail 裡說道：

To 吉六會：

幾天前有人開始嘗試割掉陰莖，也就是廢人說的身體意識抗拒法（雖然我們之前割過「青蛙」的試過），但，已經割了好幾遍都無效，該死的東西還是長得很快，還有三個人失血過多死掉，屍體早就發臭了；而被割掉的陰莖居然彼此筋肉糾結，以吸取對方血肉裡的養分，簡直就是地獄來的魔物。

so，我們的心幾乎死了，失去了希望，早就沒有人願意憋尿了，每個人的陰莖都到處亂爬，像是活生生的藤蔓、巨蟒，大家的食量很大，這完全是陰莖對營養需索無度的關係，爲了成長，陰莖拚命地吸收我們體內的養分，我們消化的速度愈來愈跟不上，加上陰莖似乎開始侵入大腦意識，讓我們一天到晚都想喝水，一直喝個不停……喝完了，也只好尿尿，然後……眞是惡魔般的循環，我想，過幾天我們就會餓死在頂樓了，肏，居然會被自己的陰莖給活活餓死，眞不甘心。

所以，昨晚我們決定一起看生前最後一場A片，看著看著，數十條陰莖竟勃起成群魔亂舞，在頂樓橫衝直撞的，每個人都給撞得幾欲痛死，隔壁寢的青蛙就這樣困在陰莖伏魔圈裡出不來，硬是給活活鞭死，而大家所射出的濃稠精液更糊得水洩不通，沒有一個人不吐的，就連青蛙在死前也吐了個一兩下。

眞臭，自己的就算了，偏偏……唉，你們眞該看看當時的慘狀，以後找個好導演拍成電影。

不過，在最後的時光裡，我跟智障還是很幸福，我們都很懷念吉六會，還有那三隻小烏龜，呵，還記得那天廖該邊被我們潑尿的事嗎？

下輩子我們再相遇吧，不過，我跟智障已經決定下輩子要當女生了，這樣會省下很多麻煩。

再見了，我的朋友，最後一次向你致敬了，會長！

吉六會英勇的會員P19、智障敬禮

會長哭了，他拿起吉他，在男舍前架起一台擴音器，忍著寒風，徹夜對著頂樓大唱吉六會會歌，我跟廢人拿著三角鐵在旁邊敲著，同以前一樣搞笑，那晚，最後一晚，我們看見頂樓的窗戶開著，兩個頑皮的笑靨輕聲哼唱著，輕聲哼唱「英勇的吉六會」，聲音愈來愈細，愈來愈細……

三天後，頂樓發出陣陣難聞的惡臭，警方會同軍方進入頂樓，證實枯萎的陰莖散落在每個角落，乾癟削瘦的屍身則靜靜地躺在地上。新聞稿中提到：特別怪異的是，有兩具掛在窗口，始終面露微笑的屍體。

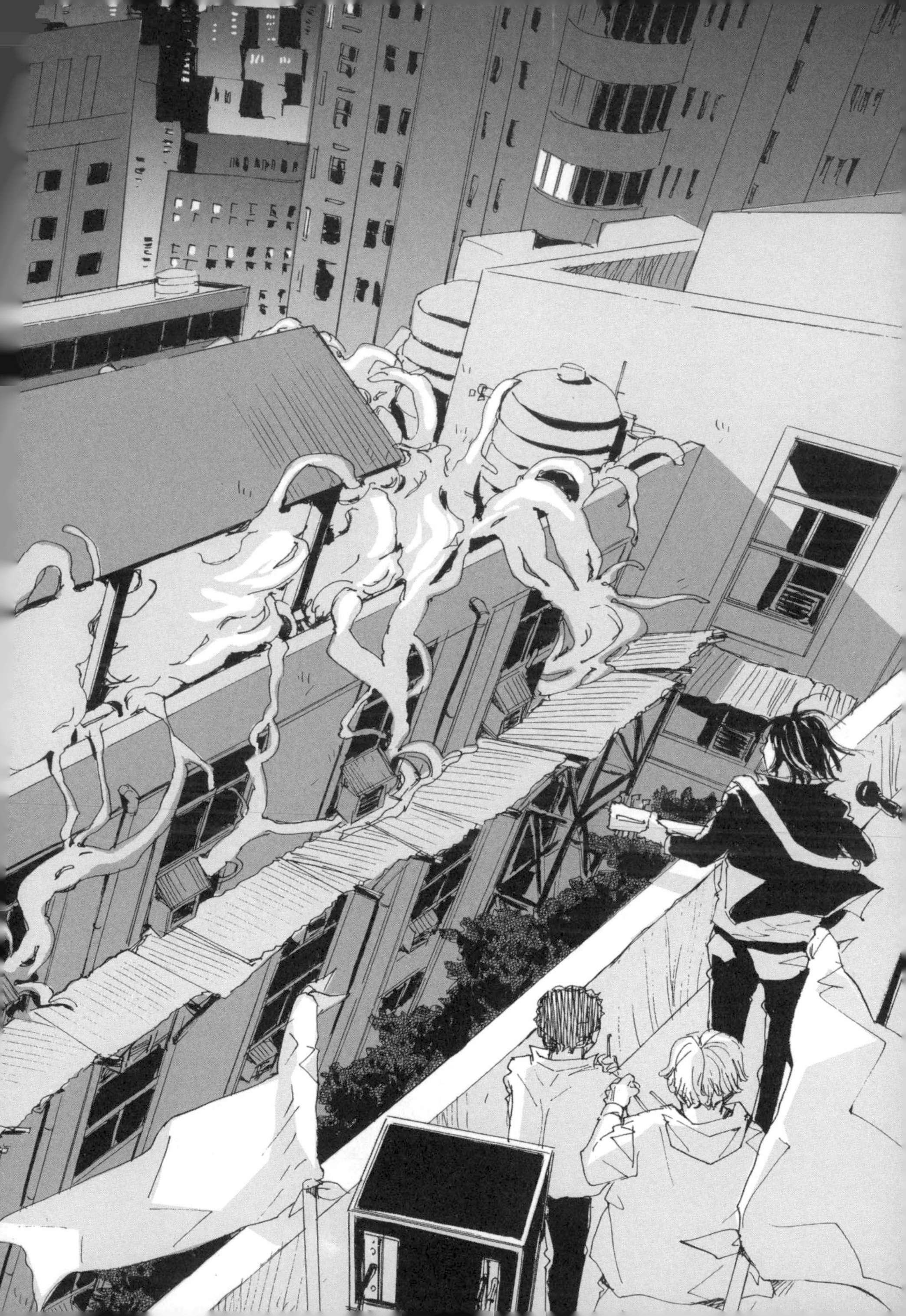

16 閹割

一場悲劇結束了，但另一場悲劇仍在上演。

注意到我沒有再提到柚子了嗎？

柚子離開了。

他將陰莖纏成一圈圈的皮帶，踏上了悲劇的旅途。

「我要爲智障跟 P19 報仇。」柚子臨去時這樣說著。

機票的時間是二〇〇五年三月二號，目的地：東京。

但尚未出發，柚子的手上已沾滿罪惡的鮮血。

警方陸續發現大台北地區，發生多起年輕女性在賓館遭人勒死或毒殺，凶手初步鎖定爲同一變態青年男子，媒體亦時常提醒夜歸婦女要多小心自身安全。

「我沒有辦法不殺那些蕩婦，要不是這些賤人，要不是她們的淫蕩助長了陽具崇拜，我也不會被 Hydra 給玩弄，這些可怕的悲劇也不會上演，我殺了她們，自己也很清楚這輩子是沒搞頭了，但是在我了結自己以前，我發誓，我一定要殺了 Hydra 報仇，一切從我而起，就該由我結束，再見了，我得在這條陰莖吸乾我之前，速速完成吉六會史上最艱鉅的任務，see you all……」柚子含著淚說。

柚子坐上飛機前，他的思緒仍圍繞著自我中心的報仇意識，將一切過錯推給Hydra與陽具崇拜的迷思，卻將自己醜陋的慾望埋葬在深沉的內疚裡，忘了這場災禍的源頭，其實是他蒐集廉價肉慾的淫習所點燃的。

雖然那些女人何其無辜，但事後知道已經太晚了，經吉六會討論後，我們並沒有密報警方，因爲最適合柚子的懲罰，並不是生冷的法律，而是在他心中反覆的道德煎熬與內咎，而且，最重要的是，我們知道柚子一定會死。

不是任務成功後贖罪式的自我了斷，就是被Hydra害死。

我們將希望放在柚子的第一種死法。

甚至，我們希望柚子能死得快些，因爲從他自東京捎來的e-mail中提到了他的慘況；爲了不被陰莖榨乾體力，柚子每個月都自我閹割一次，靈魂的痛苦與肉體的撕裂一次次削弱他的人性，也毀滅他的尊嚴，比起痛快的死刑，柚子身處的根本是無盡的地獄。

這個故事的下場，很遺憾是個悲劇，很遺憾，遺憾……

一個胸懷千人斬志向的聰明大學生，現在在東京的街頭苟活著。爲了生計，他收下我跟會長、廢人每月匯去的打工錢，並加入當地最狠的幫派，在暗處窺視 Hydra 的動靜。

在他暗殺 Hydra 成功以前，柚子，我永遠的摯友，都只是一個屠夫。

一個不斷自我閹割的屠夫。

Hydra 與柚子的後續將出現在《異夢》

〈陰莖〉的故事緊密疊合〈影子〉，收錄於《大哥大》

冰箱

01 日本

「日本東京又發生了離奇的暴力事件，一輛開往近郊的新幹線列車在晚上八點四十六分，突然遭到埋伏在附近山丘上的機關槍狙擊，子彈穿透高速行駛中的列車，每節車廂都遭到綿密的火力貫穿，據了解，包括列車服務人員在內，一共造成了兩百多人死亡，詳細傷亡人數警方還在估計中，至於凶嫌線索，初步不排除與先前高速公路連環濫射狂人是同一人，此事件已造成了日本社會嚴重的恐慌，東京警視廳承受相當大的壓力……」

電視夜間新聞插播了這件足以名留世界犯罪史的震撼消息，三個女子擠在一間小小的雜誌編輯室中，盯著電視螢幕裡彈痕累累的列車車殼驚訝不已。

「好誇張的犯案手法，居然掃射尖峰時段的新幹線，我看呀，抓到這凶手一定要槍斃一百遍。」坐在電視機前的一名女子皺著眉頭說。

這個女子放下手中仍冒著熱氣的牛奶，轉頭對另一名坐在電腦桌前、飛快打字的同事說：「我瞧這手法跟那個在高速公路上亂開槍的變態是同一個人。」

「所以呢？」同事心不在焉地說。

「所以呀，是不是應該派我去日本採訪一下咧？有史以來最可怕的世界級連環殺手，這可是一條大新聞啊！再說，自從五年前去過日本一趟後，我好久沒休假了，也該放我去東京 shopping 紓解一下……拜託啦……惠萱……」女子擠弄著眉毛，以近乎哀求的眼神看著正在打字的同事，惠萱。

「少笨了，婷玉，我們只是間小小的八卦雜誌社，沒錢恭請妳去日本採訪什麼大新聞，妳只要把其他家的新聞稿拼湊一下，加上一點聳動的想像力，一樣可以寫一篇《本世紀最瘋狂殺人魔》的報導，既經濟又實惠。」惠萱瞇著眼，又說：「總之就是『沒錢』。」

「不求妳了啦，婉玲，我已經有三個月沒休假了，我好想去日本採訪喔，拜託拜託，我不會只顧玩，一定會帶回很勁爆的內幕消息的，我們的採訪基金應該還剩不少吧，拜託啦……」婷玉

搖著婉玲的手撒嬌。

婷玉是這家小八卦雜誌社的記者兼美術設計，婉玲是雜誌社的記者兼財務管理，惠萱則掛名雜誌發行人……當然也兼記者；這間雜誌社從頭到尾就只有這三個固定的工作人員，規模之小，使得三人的工作量一直很吃重。不過，還好她們秉持著剪貼新聞的信仰，再加上搜羅在網路流傳的怪異小道消息，所以大大減輕了實際採訪的工作量。近年來雜誌社經營的利潤居然也還不錯，愈是色羶腥、愈是不可靠的胡扯，就愈是大有怪怪的讀者在支持，這點全世界都一樣。

婉玲歪著頭，格格格地笑著說：「基金是還有不少，不過妳跑去日本玩，那稿子存量不夠怎麼辦？光有殺人魔的新聞可不夠。」

婷玉神祕兮兮地從抽屜裡拿出一疊草稿交給婉玲，說：「我等休假的機會已經等很久了，這次我可是準備了不少好東西墊檔，看來可以派上用場了。」

「神祕獨臂人繼大戰瘋狂俏護士後再度出擊！嗯，不錯嘛，還有……師大頂樓事件祕辛實錄，哇，這麼厚，我看是妳自己亂寫的成分比較多吧，不錯不錯，分量是夠了，還有沒有啊？」婉玲快速看過一遍新聞草稿後，便將稿子遞給惠萱看。

「當然還有其他壓箱寶，不過要等到下個月再用囉，總之，這些庫存夠我到日本好好渡假一星期了吧！採訪基金就贊助一些些咩，別那麼小氣……」婷玉從後面撥弄惠萱的頭髮。

惠萱無可奈何地說：「什麼一星期？五天！」

婷玉高興地跳了起來：「五天就五天！」

婉玲說：「不過日本的消費太貴了，基金只能贊助一半喔。」

婷玉樂得大叫：「早就料到了，一半就一半，耶，我要去渡假了！我會買紀念品回來送妳們的！我等會兒就在網路訂機票，明天就出發！」

惠萱也笑了，說：「那妳早點回去睡覺吧，我跟婉玲沒妳那麼好命，我們還要在這裡拼拼湊湊到半夜，記得欠我們一份情啊。」

「婷玉不要玩到忘記採訪我就很感謝了。」婉玲笑說。

「那我就先回家了，嘻嘻……」婷玉在網路上訂了張機票後，就蹦蹦跳跳地離開編輯室。

「上帝保佑那個瘋狂殺人魔不要用火箭筒把婷玉的班機射下來。」惠萱邊敲著鍵盤邊喃喃自語。

02 圖釘

「這回好不容易去日本渡假，就順便帶點色情新聞回來吧，這樣下個月才會輕鬆些，呵，不知道會不會有艷遇，日本男人該不會都跟A片裡的變態一樣好色吧……」

婷玉一邊翻著剛從便利商店買的日本觀光雜誌，一邊盤算著如何將採訪的路線跟觀光的路線合併在一起，不知不覺中，她已走進住家附近的巷道。

「這路燈不知道什麼時候才會修好，老是黑壓壓的，怪恐怖的。」

婷玉將雜誌捲起來，小心地看著地面走路，這附近以前總是在施工，但前陣子建商倒閉後，這條巷子旁的幾處工地作業全停擺了，不過碎石、鋼筋仍隨處都是，上星期婷玉就因此跌倒了兩次。

這時已經是深夜十一點多了，整條巷子像是寄居在黑色的蝸牛殼中，唯一的光源，是大型垃圾筒上翻食的流浪貓的眼珠，發出的淡淡青碧色光芒，這景象雖未必鬼影幢幢，卻也相去不遠。

婷玉仔細地閃避地上的碎石，好像玩跳格子般前進，心中想著，這時去日本正好可以聽到一、二場大型偶像演唱會，還可以去泡泡溫泉、吃到最正宗的迴轉壽司，愈想愈是開心，臉上難掩笑容。

這時，婷玉突然隱隱聽到「剝……剝……嗶……剝……嗶」的零碎聲響。

婷玉全身觸電般地停了下來。

她很清楚自己爲什麼會有這種反應。

「該死的職業病！」婷玉心想，馬上又滿不在乎地慢慢前進。

「剝……嗶……剝……嗶……剝……嗶……」

沉悶的聲音又出現了，這聲音來自不遠的後方，似乎是硬底鞋子踩著碎石地面前進所發出來的。

婷玉頓時呼吸一窒，馬上察覺自己的指甲，正深深刺進雜誌的封皮，幾個自己曾經拼寫過的色狼報導，在五秒內快速地在腦海中播映。

「女大學生深夜窮巷遭人輪姦棄屍」、「大樓電梯之狼行蹤再現」、「賓館一夜情之狼疑似潛逃日本」等等東拼西湊的新聞，在婷玉深諳性心理學的筆調下，變成一篇篇充滿性暗示與偷窺衝動的情色暴力報導，婷玉的技巧使得該八卦雜誌的分眾市場頗大，但現在，婷玉只感到那些用來拼湊報導的想像力，正壓迫身上每一條神經。

「該不會這麼倒楣吧？再三分鐘就到家了，還是走快一點……」

婷玉安慰自己後面的聲響只是個普通路人的腳步聲，卻又不敢回頭確認，於是深深吸了口氣，加快腳步，打算一股作氣疾走回家，她心想：「從日本回台灣後，我一定立刻買電擊棒隨身帶著。」

就這樣疾走了一分多鐘，婷玉遠遠地看見居家大樓的微微燈火，心中一寬，便想確定背後的聲響是否還在，於是放慢了腳步，凝神細聽。

什麼聲音都沒有。

「果然是想太多了，這種職業病眞是要不得。」婷玉鬆了口氣，甩著一頭秀髮回頭張望。

一個戴著白色口罩、穿著深黑色外套的男子。

只有離自己五步之遠。

叮咚
謝謝光臨～
JAPAN!
JAPAN!

暗
嗒ㄙㄙ
喵喵喵—！
剝嗶剝嗶

剝嗶剝嗶
該死的職業病！

譁
呼ㄌ
咯ㄌㄌㄌㄌ
!

正當婷玉想尖叫的時候，一隻充滿腥臭的大手從背後摀住她的嘴，婷玉嗅出這股濃濃腥臭是精液的腥味，一時間竟不敢張口就咬，而眼前的男子迅速地朝婷玉的腹部用力一踢，婷玉痛得眼淚迸出，雙腿發軟，只得任憑從背後架住她的噁心男子，將她拖到路旁的工地。

「別叫。」戴著白色口罩的男子簡潔地說完後，又朝婷玉的腹部踹了一腳，婷玉難受得連張開眼睛的力氣都沒有。

不久，婷玉感覺自己正被拖到工地的二樓，嘴上也被貼上強力膠布，此時的絕望與恐懼，完全無法用自己那些煽情的文字描繪。

也不想描繪。

她很清楚自己一分鐘後的下場。

因某種需要，她曾從另一個角度在雜誌上「製造」過數十次的強姦。

黑暗的工地，散落一地的水泥袋、木屑、鋼板。

這不是婷玉最常描寫的場景嗎？

這時，那雙臭手的主人將婷玉摔落在地，婷玉腦袋一陣暈眩。

那雙臭手的主人長得什麼樣子，婷玉已無法分神注意，因爲他已將牛仔褲脫下，握著硬挺挺的陰莖在婷玉的臉上輕輕拍打。

熱騰騰的陰莖。

「我撕掉妳嘴上的膠帶，不是要妳叫，是想請妳吃東西，這一點妳要牢牢記住。」臭手的主人繼續道：「妳一叫，另一個人就會將這個針筒刺進妳的身體裡。」婷玉蠕動著顫抖的身軀，看著戴白色口罩男子手中的針筒。

「是 AIDS 的病血，只要妳乖乖的，叔叔就不會給妳打針喔。」戴白色口罩的男子嘻嘻地笑。

AIDS 的病血?

婷玉的恐懼並沒有攪亂她的思考，她想，這病血很可能就是從這兩個人中的一人抽出來的，只要自己被輪姦，就非常有可能罹患世紀黑死病，所以最好還是逮到機會就逃!!

「如果妳想逃，阿伯也很歡迎喔!」臭手的主人脫下婷玉的高跟鞋、撕掉婷玉嘴上的膠布後，便從一個小袋子裡掏出一把黃澄澄的圖釘，仔細地撒向附近的地板，一

直撒到樓梯口爲止。

是最近極有名的「圖釘之狼」!!

婷玉幾乎要昏倒！

她手頭上就有一份圖釘之狼的犯罪模式報導，圖釘之狼總是將被害人全身剝光，再將大把大把的圖釘謹慎地鋪在被害人的周圍，以控制被害人的行動，而就算輪姦完後，狼蹤隱沒，被害人因爲嘴上被貼著膠布、雙手雙腳反綁，無法呼救又無法自行逃離現場，以致於被發現時，常常已經餓得發昏，上個星期就有一個高中女生在廢棄的工寮裡被困了三天才獲救，到現在還躺在醫院打點滴。

「乖，叔叔就幫妳拍電影作紀念喔！表現好的話，叔叔認識很多導演，幫妳進軍好萊塢都沒問題！」

戴白色口罩的男子在一旁架起一台攝影機，然後慢慢地脫下褲子，露出……露出色彩斑斕的陰莖！

這分明是幾乎潰爛的醜陋怪物！

「老樣子，前後夾攻吧。」臭手的主人繼續道：「小妞，表情要複雜一點、生動一點，阿伯才會好好疼妳，包妳爽歪歪！」

戴白色口罩的男子終於摘下口罩，露出嘴角已呈紫色靡狀的怪嘴，笑嘻嘻地將發出惡臭的彩色陰莖硬塞進婷玉的小嘴，而臭手的主人將婷玉的內褲一把撕裂，粗魯地抓著婷玉的小腿，硬是將顫抖的大腿拉開，大喝一聲「好馬！」。

婷玉終於暈了過去。

03 左手

窩在羽毛床裡，好舒服。

要是從前，婷玉實在不想那麼早就爬出暖暖的被窩，但是今天傍晚就要去日本渡假了，婷玉只細細地說了聲「甘巴爹」後，伸了個可愛的懶腰就起床了。

「這次眞要謝謝東京的殺人魔先生，日本之行眞是託福了。」婷玉調皮地向灑落陽光的窗口深深一鞠躬，大聲地說。

好渴。

婷玉舔了舔異常乾燥的嘴唇，走向冰箱。

「有沒有人在呀？」

婷玉輕輕敲著冰箱，煞有其事地問道。

一個人在外面租屋，實現了獨立自主的心願，卻也十分孤單寂寞，下班後除了偶爾跟惠萱、婉玲到PUB小酌（其實也是帶有「觀察」的工作目的），在回到租來的小空間後，她飽嚐了一個人生活的苦悶。

不過因爲婷玉調皮的特質，她在這小小空間中，倒也創造出一套自得其樂的方法：向即將被吃掉的食物道歉、在網路上用兩個不同個性的ＩＤ互相交談、常常假裝自己是個被電視影像嚇到的原始人……等等諸如此類的角色扮演，爲婷玉的單身貴族生活添了不少樂趣。

對待冰箱也一樣。

婷玉把冰箱當作食物的家，每次開冰箱前，都要先敲敲門，詢問一番才打開。

「嗯，我是婷婷公主，今天想喝點柳橙汁，我要開門了喔。」婷玉笑著說。

「砰。」

婷玉打開了冰箱。

一隻手。

一隻潔白、纖細、裸著鮮紅齊腕切面的小手，直躺在冰箱的中間，

「啊！」

婷玉發瘋般尖叫，歇斯底里地向後一跌，胸口劇烈喘息不已。

女人一旦尖叫，就不可能只叫一聲。

尖叫是女人的毒品，會上癮的。

住在樓下的李太太馬上拿著一把菜刀飛奔上樓，在門口大喊「王小姐，要不要報警!?」

住在樓上的兩個大學男生也拿著棒球棍跟撞球桿衝下樓，聽到婷玉不絕於耳的尖叫聲，索性合力將木板門踹壞，跟李太太衝進屋內。

兩個大學生機警地查看屋內的狀況，正氣凜然、英氣勃勃，在發現並沒有所謂的「凶手」時，兩人臉上均頗為失望，似是為錯失行俠仗義之機抱憾。

李太太抱住婷玉，關切地問：「王小姐，妳怎麼啦？我已經叫隔壁的張媽媽報警了，妳……妳……沒事吧？」

婷玉盯著冰箱裡的斷手，害怕地說不出話來。

李太太順著婷玉的視線，也看見了冰箱裡的斷手，嚇得跪倒在地，全身直打哆嗦。

「幹！」「鏗！」金屬球棒掉落。

「靠！」「咚！」撞球桿掉落。

兩個大男孩反射性地往後或跳或摔。

「這……這……不是惡作劇吧？」李太太喃喃囈語，轉頭看著身旁的婷玉，突然尖叫：

「啊！妳的手！」

婷玉低頭看了自己的左手。

她當然沒看到左手。

因爲她的左手就躺在冰箱裡。

在冰箱裡。

婷玉終於暈了過去。

04 渾沌

婷玉睜開眼時，第一個看到的，是滿臉焦容的婉玲。

「好痛。」婷玉感到左手腕一陣灼熱、一陣刺痛。

「不要亂動，剛接上去不久，讓它多休息吧。」婉玲疼惜地看著婷玉。

婷玉四處張望，白色的被單、白色的衣服、點滴，她明白這裡是醫院。

「多睡一下，現在什麼都不用擔心。」婉玲拿著沾濕了的棉花棒，滋潤著婷玉乾癟的嘴唇。

婷玉疲倦地閉上眼睛，回想起在冰箱看見自己左手的那一瞬間。潔白的玉手躺在冰箱裡，冒著薄薄白氣，甚至凍得透紫。令人煩噁的記憶。

「這一切是怎麼回事？」婷玉氣若游絲地吐出這幾個字。

「還好妳的手被放在冰箱裡，要不然組織早壞死了，至於這是怎麼回事，我想應

該是由妳來告訴我們才對吧？」惠萱一邊削著蘋果，一邊問道。

「我？」婷玉疑惑地問。

「嗯，『獨居美女醒來發現左手冰在冰箱裡』，這應該是個好題材吧。」惠萱笑道。

「惠萱開玩笑的，但是，妳究竟發生什麼事情？左手怎麼會被砍了下來？妳又怎麼會把它冰在冰箱裡？」婉玲皺著眉頭，又說：「一定很痛吧？」

「我早上醒來，打開冰箱，就發現……」婷玉流下眼淚，說：「我甚至不知道、沒感覺自己的手被切掉，我是怎麼了?!」

「妳自己什麼都沒感覺到？喏，妳自己看看。」惠萱從公事包中拿出一疊照片，在婷玉的眼前一張張慢慢翻過。

照片中的景象，正是婷玉的房間。

染紅一片的羽毛被、枕頭，整齊的擺設，乾淨的地毯，潔白的冰箱外殼。

「我不懂。」婷玉看見照片中血跡斑斑的床鋪，登時暈眩不已。

「房間沒有打鬥痕跡，血跡只限於床鋪範圍，地板跟冰箱外殼都沒有血滴，據警方的推測，妳的房間並不是斷手的第一現場，凶手是在別的地方將妳的手剁下後，再小心翼翼地將手放到冰箱裡，至於妳，應該是被下麻藥迷昏後，被抬到床上睡覺，所以血跡只限於床鋪的範圍。」惠萱解釋道。

「妳昨天晚上發生了什麼事，還有沒有印象？」婉玲問。

婷玉呆呆地看著照片，說：「我離開雜誌社後，買了旅遊雜誌就直接回家了。」

「不可能。」惠萱搖搖頭，又說：「也許是歹徒用了大量的麻藥，所以妳一時想不起來。」

「是嗎？」婷玉閉上眼睛。

婷玉試圖回憶昨晚的回家經過，卻一直想不起自己是怎麼開門回家的。

睡覺前洗過澡嗎？

睡覺前看過電視嗎？

睡覺前敷過臉嗎？

這些全都模模糊糊的，答案渾沌不清。

「還有，很有趣的一點是，醫生發現妳的左手斷腕處，切面相當整齊，幾乎沒有不完整的破碎跟瑕疵，斷得相當漂亮，很難想像是用什麼樣的凶器、用什麼樣的高速切下。」惠萱將蘋果切成小塊小塊的樣子。

「有趣？漂亮？」婷玉面有恙色地說。

「Sorry，妳知道我沒有惡意的。」惠萱歉然道。

婷玉知道惠萱沒有惡意。她明白週刊性質的雜誌社作業繁忙，惠萱跟婉玲兩人全都拋下工作來陪她，實是對她關切之至，且婷玉很清楚惠萱的直性子，只是自己的手實在痛得厲害，惠萱卻仍用專業報導的口吻描述凶案，一時難以接受。

「算了……警察還說了些什麼？」婷玉看著自己腕上的繃帶。

「警察發現妳的被單有大量血跡，很有可能是第一現場，等妳神智完全恢復後，仔細地回想歹徒的樣子跟作案的經過，警方好展開調查。」婉玲說。

「醫生說，妳現在會這麼虛弱，主要是失血過多的緣故。」惠萱道。

「可是我真的什麼都想不起來。」婷玉說著說著，眼淚不禁掉了下來。

「沒關係，妳大概是驚嚇過度了，任何人發生……發生這麼可怕的事，都可能會暫時失憶吧?!妳多休息……慢慢來，不要急……」婉玲說著，也掉下了眼淚。

「婷玉，我蘋果削成這麼小塊，喏，牙籤在這裡，自己用右手吃吧，我跟婉玲先回雜誌社了，晚上我們下班後就過來陪妳，再見！」惠萱將蘋果盤放在婷玉身旁的小桌上。

「無聊就看電視吧，不要想工作的事情，妳放心，雜誌社的急難救助基金豐厚的很。」婉玲擦掉婷玉跟自己的眼淚，將吊在天花板上的電視打開後，就跟惠萱回雜誌社。

只剩下婷玉一人了。

婷玉的心理很複雜。

一個在冰箱裡看到自己左腕的女人，心情很難不複雜。

難過自己被截肢，儘管現代醫學已經精準地將手接了回去。

難過自己昨晚的遭遇，雖然自己根本不記得發生了什麼。

不管發生過什麼，一定是個恐怖的夢魘，既然自己已經忘記，也許，最好永遠都不要想起。

05 二郎腿

電視正播報著二十四小時的新聞。

「爲您插播一件離奇的凶殺命案，今天凌晨五點左右，桃園市一位民眾在虎頭山晨跑時，在山道旁發現一隻斷腳與一截脖子，經該民眾報案後，警方在山區進行大規模的搜查，先後在涼亭的桌上發現遭截肢的軀幹一截，在矮樹上發現另一隻斷腳，但離奇的是，這隻斷腳的主人，並不是第一隻斷腳的主人，因此初步研判死者是兩個人；警方對此殘暴的血腥犯案手法，並未表示有特定嫌犯，目前正於山區擴大搜尋死者頭顱，以確定死者身分……」

好噁心的手法！

婷玉不由自主地看著自己左手上厚厚的繃帶，截肢的心理痛苦又開始折磨著她。

「東京新幹線遭機關槍高速掃射案，今天有了新的突破，警方在事故地點附近的小山丘上，尋獲兩挺警用機關槍，經彈道測試後，證實是獵殺新幹線的凶器，由於這型機關槍是東京警視廳軍火房上星期失竊的機種，所以日警初步不排除這起重大刑案有警方涉入……」

婷玉看著電視新聞裡的新幹線報導，更是哀悼自己東京行的破滅，心情簡直惡劣到了極點！

「打擾了。」

一名身穿灰色西裝的男士走進病房，手裡還拿著一只小皮箱。

「你是？」婷玉說。

「妳好，我是桃園市總警局的刑事調查專員，敝姓陳，這是我的證件，這件截肢怪案是由我負責的，請多指教。」陳警官將證件從襯衫口袋中拿出，上面寫著：「特別刑案組調查專員　陳彥男」。

「如果你是想問我的手是怎麼被剁掉的，那麼，我的答案是『不知道』。」婷玉冷冷地說。

對於警察，婷玉一向沒什麼好感，尤其是婷玉報導過的刑案描述中，警方一直是被動且無能的。

「不需要這麼冷漠吧。」彥男笑著，一屁股坐下，繼續道：「我從妳朋友口中知道妳昨晚的記憶還很模糊，所以我只是想做個記錄，了解一下案情，順便告訴妳我們警方的進度，看看能不能幫妳想起些什麼？」

彥男一副娃娃臉，笑起來十足稚氣的模樣，令婷玉爲自己適才的冷漠，感到有些不好意思。

「對不起，你說吧。」婷玉指了指小桌上的蘋果，說：「我朋友剛削的，我不想吃，你請用。」

「嗯。」彥男也不客氣，拿起牙籤就挑著蘋果吃，說道：「我先說吧，我認爲傷害妳的凶手特徵是大學以上學歷、高收入、未婚、有潔癖、很可能從事醫藥類職業的男性，當然，這只是一般的凶手側寫啦！」

婷玉說：「何以見得？」頓了頓，忍不住又道：「還有，警官大人，跟我談論凶手時，可不可以不要那麼故作輕鬆？」

「不行，這是態度問題，跟刑案本身無關，吊兒郎當是我的天性，誰也管不著。」

彥男蹺起二郎腿，人刺刺地說。

怎麼會有這麼機車的警察?!

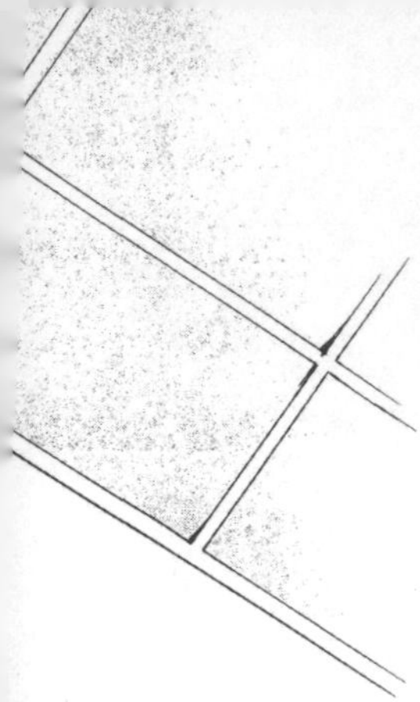

婷玉怒目瞪著彥男的娃娃臉。

「兇個屁。」彥男把盤子裡的蘋果一掃而光，又道：「那麼兇不會自己去抓凶手啊？」

「出去！我要找別的刑警！」婷玉斥道：「我還要投訴你，走著瞧！」

「喂，看見自己的手在冰箱裡，是什麼感覺啊？」彥男爽朗地笑著。

「出去！」婷玉怒極。

彥男舉起自己的左手，嘻皮笑臉地甩了甩，裝出手腕搖搖欲墜的樣子。

婷玉簡直氣到快流淚。

「對了，我認爲這個凶手的心理狀態很奇妙，他雖然剁了妳的纖纖玉手，卻不忍心讓妳從此變成虎克船長，所以將妳的小手放在冰箱裡冷凍，好讓妳即時接回，妳瞧，這凶手還算挺有良心的，嗯？」彥男撥弄著自己抹滿髮膠的頭髮。

虎克船長？良心？

「你這個爛警察！」婷玉大吼：「護士！」

「但是換個角度來看，這凶手也可能極端變態，他選擇將妳的手放在冰箱裡，而不是其他地方，why？我想，冰箱是封閉性的地方，從外表上看不出裡面有什麼，所以凶手是抱著給妳驚喜的心態，才將妳的手精心佈置般地藏在冰箱裡，呵。」彥男「格格格」地笑著，令婷玉實有說不出的討厭。

「而且，在單層居家中，冰箱比起其他密閉空間，比如說衣櫃、抽屜等等被打開的機率要高，特別是一個大量失血後的傷者，體內水分流失後，一定會覺得口渴，因此更容易打開冰箱找飲料。」

彥男一邊說，一邊比手畫腳，模仿開冰箱的動作，又說道：「這兩種推論都符合剛剛我提到的凶手側寫，不過後者更變態，情節甚至可以拍成電影，當然也可以寫進妳的雜誌故事裡，這種對妳又愛又恨、禮輕情意重的凶手，我看就叫他『器官禮物之狼』好了……」

「怎麼會有你這種人？我看你比凶手更變態！」婷玉氣道。

06 管子

「爲您插播一則快報，虎頭山雙人分屍命案又有新的突破，十五分鐘前，在桃園市武陵高中旁的某商家店内，發現另一名死者的軀幹跟雙手，在桃園法院後的農地裡，也發現了一名死者的雙手跟剩餘的兩隻腿被嵌進稻草人的竹架中，模樣十分駭人，等等，是，是，有最新消息指出，兩名死者的頭顱已經找到，在……在桃園市中心的水族館中……嘔……從畫面中我們可以看到，兩顆死者的頭顱……在大魚缸中漂著，五官已經被大魚啃得模糊不清，不過我們還是可以清楚看出，兩顆頭顱都咬著……咬著生殖器，其中一名死者口中的生殖器已經潰爛了……若有後續發展，本台將爲您立即做SNG連線報導。」

電視新聞突然插播了這則噁心又驚悚的凶案快報。

當畫面出現水族箱中的頭顱時，婷玉頓時渾身發冷。

「因爲是SNG，來不及修剪畫面，呵，夠力的新聞，夠凶暴的歹徒。」彥男盯著電視畫面，轉頭向婷玉繼續道：「現在桃園縣市的警力都集中在這件分屍案上，所以只有我有空鳥妳，寶貝，妳已經很幸運了。」

「夠了。」婷玉闔上眼，打算不再理會床緣冷言冷語的警察。

之後的十幾分鐘裡，不管彥男如何推演自己對凶手的看法，婷玉只是裝睡不理，但奇怪的是，婷玉腦中不停浮現新聞畫面中，兩顆人頭在水族箱裡漂來漂去的樣子。

婷玉甚至覺得有些痛快。

痛快到忘記自己左腕上的燒灼感。

三天後，婷玉出院了，並暫時搬進了婉玲的家。

「妳的手還沒痊癒，一個人住我可不放心，先搬到我那邊吧，還可以幫我校校稿！」婉玲是這麼說的。

婷玉開開心心地答應了；要她立刻回到「凶宅」，她可不願意。

婉玲也是一個人住，小小住宅單位，在婉玲簡潔品味的要求下，一切擺設簡單、雅緻，視覺空間倒還不小。

「妳暫時不用上班，不過得幫我上網找這些方面的資料，掰掰。」

於是，婉玲上班後，婷玉高高興興地在婉玲家上網，搜尋日本最新、最狠、最神祕的襲警幫派，柚幫，一切稀奇古怪的傳說；累了，婷玉就看看綜藝節目，看看HBO，跟自己在家裡時沒什麼不同。

只是，她在開冰箱之前，一定會先檢查自己的雙手還在不在，當然，再也不敢跟冰箱講話了。

過兩天雜誌就要出刊了，工作一向很忙，到了深夜兩點，婉玲才躡手躡腳地回家。

「果然已經睡了，小豬。」婉玲輕輕地開門，看見將自己捲在棉被裡的婷玉，正睡得口水直流。

看見電腦桌上放著厚厚一疊柚幫的資料，婉玲不禁讚許地看著婷玉的酣睡相。

「瞧我怎麼整妳這隻睡豬，居然不等我回家就先睡了……」

婉玲調皮地拿起桌上空飲料罐中的吸管含在嘴裡，細細地向婷玉的鼻孔中吹氣。

只見婷玉眉頭微皺，鼻子抽動了兩下，就「阿嚏」一聲，打了個大噴嚏，將棉被踢開，睡眼矇矓地坐起，說：「妳回來啦？現在幾點了？」

卻見惡作劇的婉玲一臉驚愕，聲音發顫：「妳手裡抓的是什麼？」

抓？

抓什麼？

婷玉低頭一看。

一丁點血淋淋、軟軟的東西。

看起來像是腸子之類的短小管子。

婷玉毫無頭緒地看著手中滑嫩鮮紅的管子，納悶不已。

婉玲呢？

婉玲終於暈過去了。

ZZ
呼
你回來啦？
？
!

07 萬無一失

這次躺在病床上的，是婉玲。

婷玉在一旁整理婉玲帶回家的資料，等著婉玲醒轉。

「那條腸子是怎麼一回事……」婷玉喃喃自語著。

一個女醫生走進病房。

女醫生：「王小姐，妳要求化驗的東西，證實是腸子沒錯，而且是人的腸子，正確說，是人的盲腸，血型O型。」

婷玉一楞。

人的盲腸？

我怎麼會抓著一條……一條不知道是誰的盲腸?!

婷玉突然有個古怪的預感。

「醫師，我想去照X光。」婷玉說。

放射檢驗室外。

婷玉拿著腹腔X光片，久久不能自語。

絕沒割過盲腸的自己，現在肚子裡卻少了條盲腸。

幸好盲腸可有可無，也幸好這次自己根本沒感到痛。

不過，就這樣無緣無故地少了條盲腸，自己卻又不知所以然地抓著它，此刻，婷玉的手心冒出驚人的冷汗。

婷玉將自己的頭埋在大腿間痛哭，連續兩次被攻擊，自己卻都毫無記憶，這簡直就是混蛋！簡直是魔鬼的惡作劇！

「是妳的腸子，對吧？」

婉玲蒼白著臉，倚著牆，呆滯地看著哭得死去活來的婷玉。

婷玉點點頭，哽咽著：「為什麼？我的腹部上根本就沒有傷口！」

婉玲顫抖著說：「沒有傷口？沒有傷口是什麼意思？」

婷玉搖搖頭，哽咽地說不出話來。

女醫生從檢驗室中走出，拿著更多角度的X光片，代替婷玉回答：「王小姐的意思是，她的腹部沒有手術或被攻擊的痕跡，但是從盲腸的切口來看，王小姐的盲腸，以醫學的專業角度來說，卻是以極爲精細的方式切除，且使用的工具比手術刀還要鋒利，或許連醫學雷射也瞠乎其後，就連腹腔內的傷口也癒合得很好，我想，我是暫時沒辦法提供任何醫學上的建議了。」

是的，這時有誰需要醫學上的建議？

婷玉瑟縮地偎在雜誌社的小沙發上，捧著咖啡，小心翼翼地啜飲。

她一向不喜歡喝咖啡。

但這個下午，婷玉已經喝掉兩壺咖啡。

惠萱凝視著婷玉，說：「晚上還沒到，就已經喝掉兩壺咖啡，妳不怕到了晚上反而撐不住？」

婷玉像貓一樣，細細說：「怕啊，怕得很，我怕我一閉上眼睛，醒來時又有恐怖的事在等著我，可是，我兩個最好的朋友都不肯爲我守夜，我只好不停地灌咖啡，好像喝藥一樣。」

惠萱苦笑：「每個月這幾天雜誌社都很忙，妳又不是不知道，等到後天，我跟婉玲就可以徹夜陪妳，抓那個捉弄妳的變態了。」

婉玲在一旁編排雜誌廣告，點點頭：「婷玉，這兩天就委屈妳，在雜誌社陪我們熬夜吧，算妳加班費喔！」

婷玉嘟著嘴，看著自己左腕上的繃帶，委屈極了：「人家的手還是好痛。」

私底下，婷玉早已將自己獨自鎖在廁所裡哭過好幾回了，但她是個不願將自己的痛苦傳染給朋友的女孩子，儘管，儘管自己的左腕跟盲腸都曾不翼而飛，儘管這種悲慘遭遇只能在下三濫的小說裡找到。

就這樣，婷玉在雜誌社睡了三夜。

眼睛，也紅了三天。

惠萱是個務實派，雜誌一出刊，當天傍晚就到電腦器材賣場中帶回五套針孔攝影機，她說：「讓我們徹底監視發生在婷玉身上的怪事。」

這一夜，三個人都到惠萱家裡過夜。

惠萱跟妹妹芷萱住在一起，於是，當晚惠萱跟婷玉擠一張床，婉玲則跟芷萱睡另一個房間。

針孔攝影機一套架在玄關上，一套架在客廳電視機上，兩套架在婷玉床側與天花板上，最後一套架在惠萱房間外的陽台上。

「萬無一失。」惠萱打包票。

「當然，最好都沒事啦。」婉玲睡前說。

婷玉勉強說道：「我終於可以睡個好覺了，說好了要讓我睡一整天的喔。」

「婷玉姊，不會有事啦，明天是我十八歲生日，醒來就有蛋糕吃喔！安心睡吧！」還是大學新鮮人的芷萱蹦蹦跳跳地說。

十一點三十四分，燈熄，鎖門，睡香四溢。

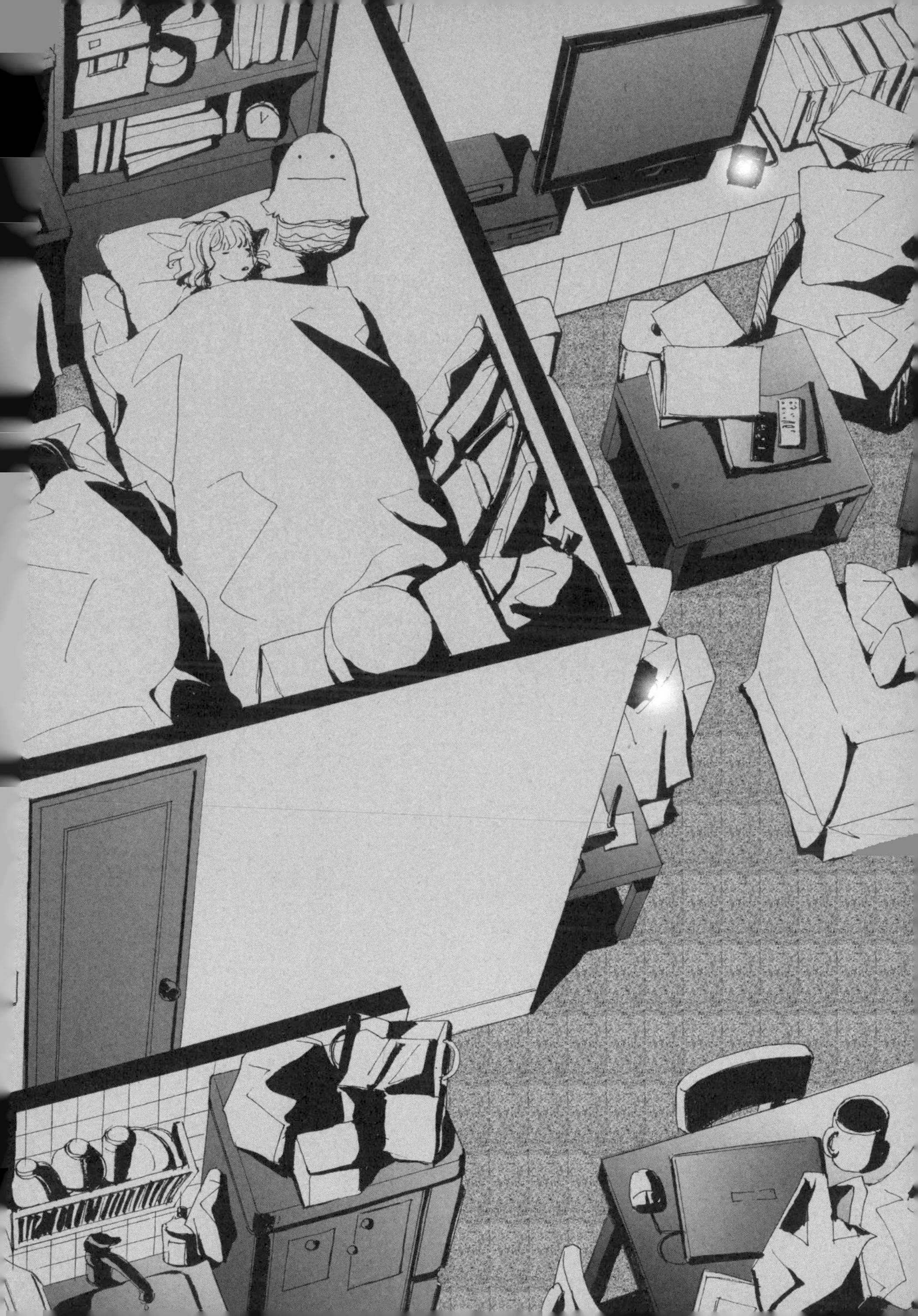

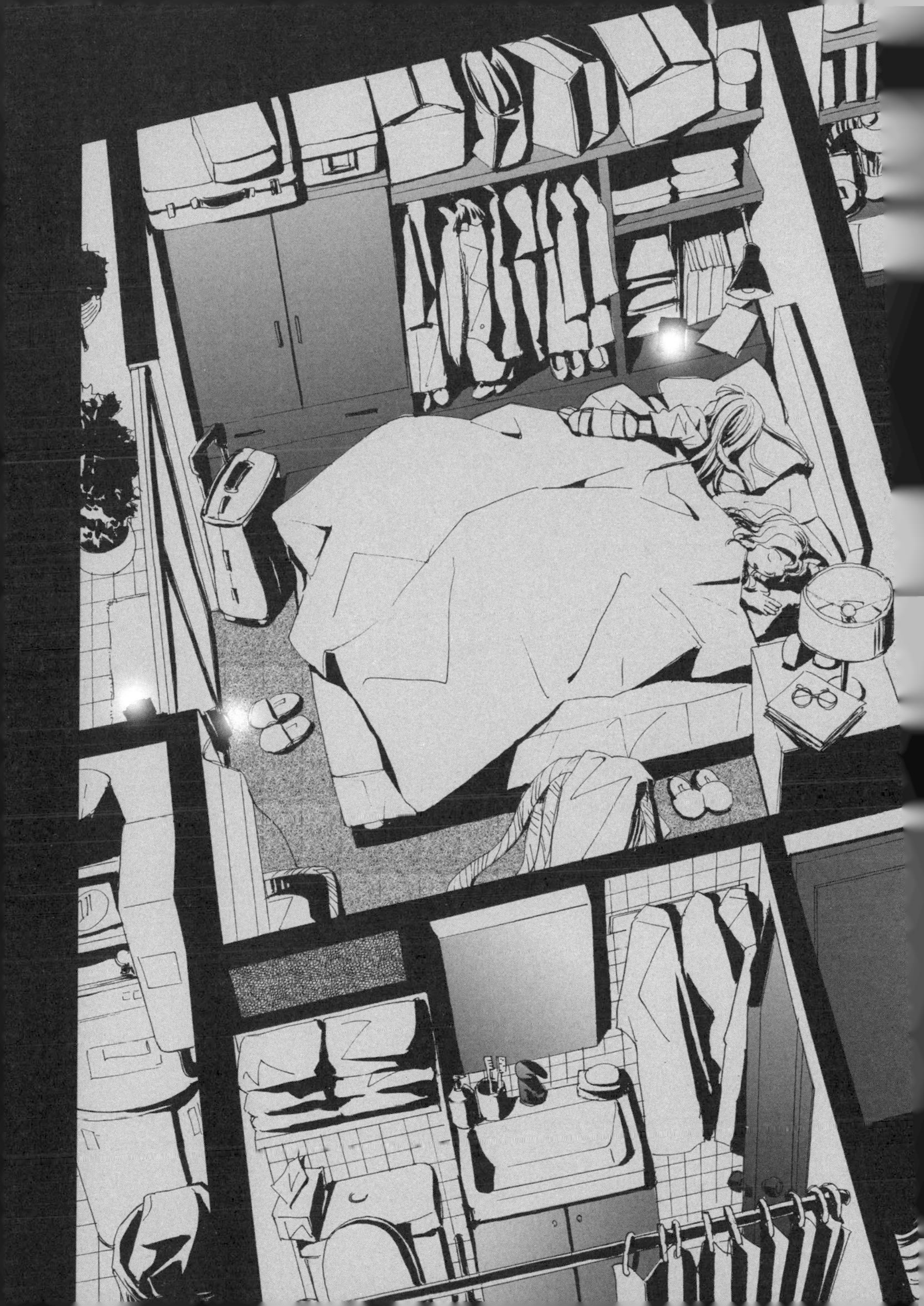

08 櫻桃糖霜

單身貴族總有睡到自然醒的權利。

下午一點半，惠萱床頭電話的鈴聲才將惠萱喚醒。

「請問黃惠萱在嗎？」一個男子。

「我是……」惠萱迷迷糊糊地應對。

「請問王婷玉小姐現在人在妳家裡嗎？」男子。

「你是？」惠萱警戒地推醒身旁的婷玉。

「我這裡是桃園總警局刑事組，我們現在掌握了有關王婷玉小姐斷腕凶案重要的線索，如果妳能聯絡上王婷玉，請她儘快到警局說明一下案情。」警官。

「好的，我們一小時內過去！」惠萱頓時神智全清醒了。

「誰呀？」婷玉蓬頭垢面地坐起。

「是警局，他們要妳等會兒去了解一下最新的線索！」惠萱揉著眼睛，又說：「快起床，我陪妳去。」

「喔。」婷玉一跳下床。

這夜睡得眞好，婷玉心想：早知道就自己架上十台針孔攝影機，也不用熬到昨晚才能安睡。

殊不知道，婷玉的安全感來自朋友的關懷。

站在落地鏡前，婷玉滿意地打了個哈欠，伸手想抓抓自己稻草般的亂髮。

「咦？」

婷玉抓了個空，不，是抓不到，也不對，是根本就無從抓起。

一種空虛懸宕的困惑感。

婷玉不解地看著自己的右手。

右手還在，幸好。

只是五根手指全都不見了!!

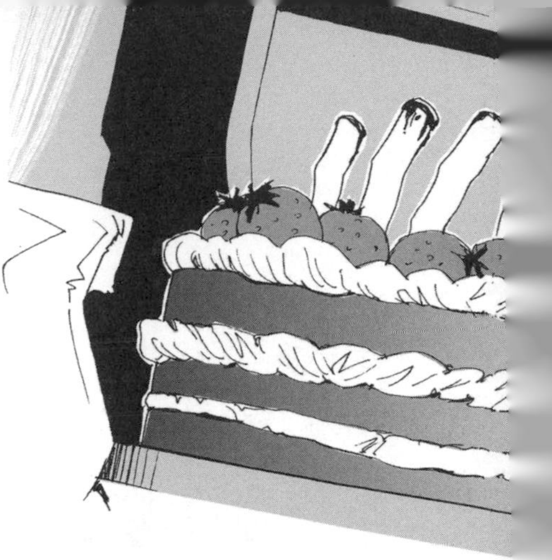

「啊……!!」

鏡中的婷玉，滿頭亂髮，滿眼血絲地看著自己光禿禿的右手尖叫。

婉玲跟芷萱立刻衝進房內，看見滿臉錯愕的惠萱呆在一旁，而婷玉則是一個勁地在地上打滾、嘶吼：「好痛！痛死了！快去看……去開冰箱！去開！」

芷萱立刻慌亂地跑到客廳旁，打開冰箱。

「手指！」芷萱抱著頭大叫，連滾帶爬地逃開冰箱前。

五根手指整整齊齊地倒插在芷萱的生日蛋糕上，血淋淋的斷肉面像是澆上櫻桃糖霜，鮮紅的手指蠟燭，詭異地祝福著芷萱驚駭的十八歲生日。

「爲什麼……爲什麼……嗚……」婷玉瘋狂地打滾，痛得歇斯底里地狂叫。

病床上，婷玉完全不想看剛剛縫合的右手手指。

左手腕上的縫口還沒拆線，右手手指就變成蛋糕上的蠟燭，似乎在接合手術上還可以聞到濃濃的奶油味，這種事無論發生在誰身上，都會每小時湧上一次自殺的念頭。

她完全不了解自己的身體，更不了解莫名凶手的莫名企圖，她好想逃離這個隨時都會被拆解掉的軀殼。

「這個軀體正一點一滴……不……是一截一截地……被肢解……」

對自己身體的厭惡與恐懼，已漸漸模糊對凶手的痛恨。

如果，正在看這個社會寫實事件的讀者，還能笑嘻嘻地不能體會婷玉的心情，可以邊看邊拿起大型釘書機，往自己的手上釘個幾下，我想，這對了解文本有相當的幫助。

「叮叮噹！叮叮噹！聽說妳右手手指被剁掉啦？」

令人厭惡的聲音。

彥男警官拿著一捲錄影帶，笑嘻嘻地站在婷玉病床前。

「走開。」婷玉氣若游絲地說。

「聽值班護士說，妳的朋友正在拷貝針孔攝影機的錄像？這可有趣了，我們就等她們一起看我手上這捲帶子吧。」彥男笑著說。

「什麼帶子？」惠萱跟婉玲拿著剛拷貝好的監視影像帶，站在門口。

「這是在王婷玉住家附近的廢棄工地裡，一架V8攝影機裡找到的錄影帶，嘿，內容保證既香艷又血腥，簡直像部好萊塢蹩腳的B級片。」彥男繼續道：「不只如此，這捲錄影帶還關係到前幾天發生的虎頭山怪異分屍案，立刻就Play吧！」

彥男將錄影帶放入錄影機裡，吊在天花板上的電視，不久就出現一個戴著白色口罩男子的畫面。

「好戲要上場了。」彥男興致勃勃地拉了張椅子坐下。

「閉嘴，警察裡怎麼會有這麼惹人嫌的癟三？」惠萱聽過婷玉抱怨過彥男的無禮與輕蔑，頓時火大。

錄像畫面。

畫面帶到戴白色口罩的削瘦男子脫下自己的褲子，露出一條五顏六色的生殖器，婷玉等三人登時噁心得想吐。

接下來竟是一個穿著黑色污衣的肥胖男子壓倒一個女子的畫面，而那女子就是婷玉！

「老樣子，前後夾攻吧。」肥胖男子說：「小妞，表情要複雜一點、生動一點，阿伯才會好好疼妳，包妳爽歪歪！」說完，戴白色口罩的男子摘下口罩，露出嘴角呈紫色乳糊狀的爛嘴，笑嘻嘻地將色彩繽紛的陰莖，硬塞進眼淚汪汪的婷玉的小嘴，而一旁的肥胖男子更將婷玉的內褲用力撕裂，粗魯地抓著婷玉的小腿，將顫抖的大腿拉開，大喝一聲「好馬！」。

看到這裡，婷玉已將雙拳緊握，甚至連剛縫好的手指都滲出血來，她的體內湧現出一股難以壓抑的盛怒與……恐懼。

看到這裡，惠萱與婉玲似乎明白婷玉失去記憶的原因。

這種記憶，會將女人一輩子鎖在屈辱的盒子裡，而解脫的鑰匙，必永遠遺落在惡魔的手裡。

失憶，也許是困鎖在黑暗裡，唯一的逃脫捷徑……

婉玲濕了眼眶，惠萱的太陽穴卻暴出青筋。

但接下來約一分鐘的錄像，卻誰也沒想到凶手竟會如此地殘暴。

如此殘暴地死去。

09 蛞蝓

錄像畫面忠實記錄下詭暴的一切。

全身髒污的肥胖男子突然雙目瞠大，像遭到電擊般往後一倒，在地上激烈抽搐，卻沒有發出任何慘叫。

因爲他的嘴巴正塞著一條血淋淋的陰莖。

那顯然是他自己的陰莖。

原本戴白色口罩的削瘦男子見狀大驚，也拋下昏厥的婷玉，拔腿就奔。

好個拔腿就奔！他一抬腿，雙腿立刻離奇地、生生地「被拔掉」，傷口像爆炸的果汁機，蕃茄汁般的鮮血刹那間炸散開，削瘦男子痛得眼淚迸出，但也無法呼救……因爲他的嘴裡也含著自己七彩奪目的陰莖！

螢幕前的四人，除了彥男，全都不自主地靠攏在一起，顫抖不已。

最不可置信的，是削瘦男子被拔掉的兩條腿，竟不知道被拔到何處，就這樣消失在工地裡。

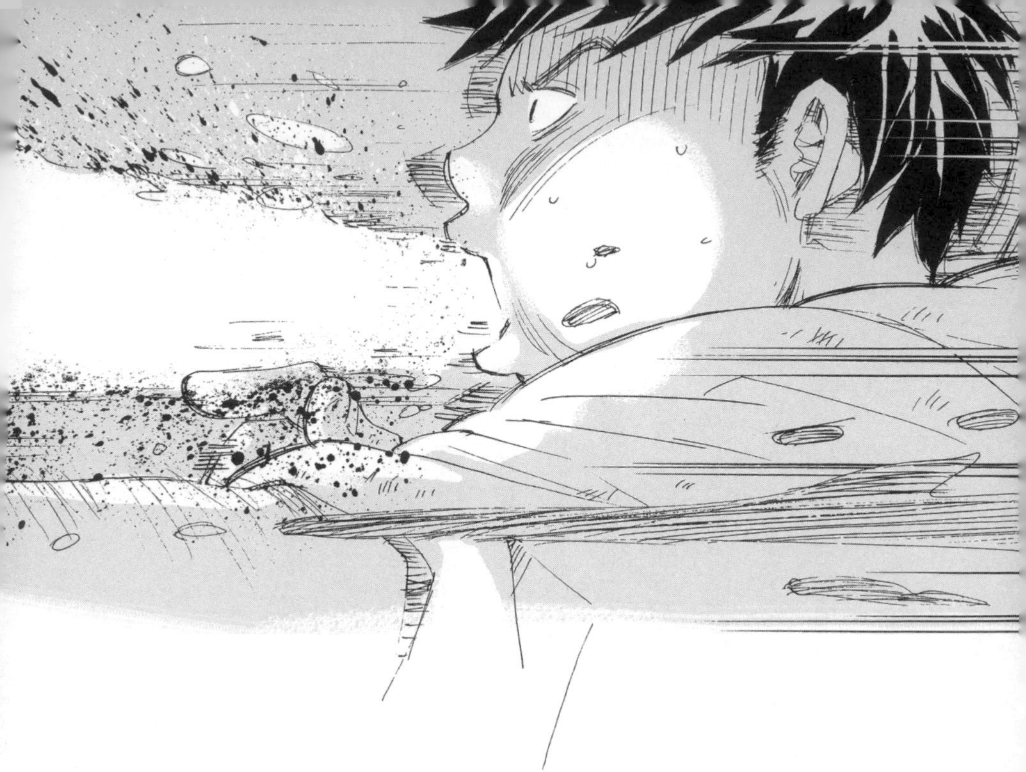

「看來，應該是有一個武功高強的隱形俠救了妳，不過好戲還沒結束。」彥男說。

錄像持續播放著。

肥胖男子沒有將嘴中的陰莖拿出，反而從腰際間拔出兩柄尖刀，慌張地朝四周的空氣亂砍一通，砍沒幾刀，男子的雙手居然劈著劈著，就劈到「不見了」！

他的雙手、雙刀，居然以肉眼看不清楚的速度，高速「溶解」在半空中！

肥胖男子就像園丁一樣，從光禿禿的巨大傷口切面，親切地撒出大量霧狀的血滴，灌溉著滿地的圖釘，但男子並沒有立刻失血死去，臉部扭曲糾結，無法接受發生在自己身上的怪事。

削瘦男子也不好過，在他匍伏掙扎，想要

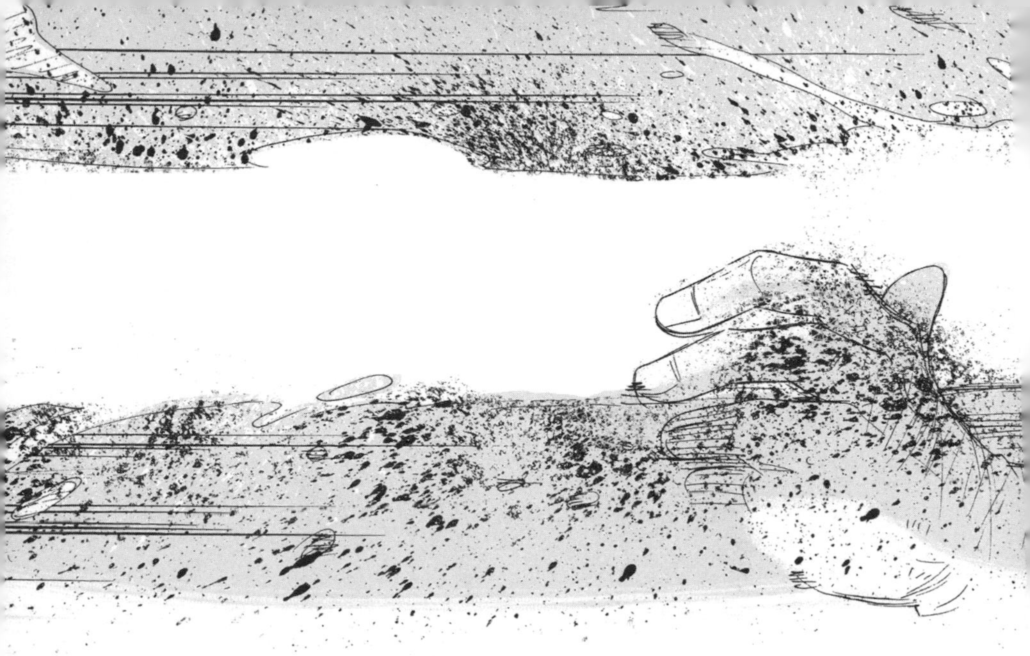

逃離這妖異的現場時，他的雙手從肘被一股無形的力量劈斷，亦是莫名地消失在莫名的空間裡，痛得他像撒了鹽的蛞蝓般，在地上瘋狂地亂顫，身體將滿地的圖釘捲刺了全身。

肥胖男了嚇得無法動彈，卻也沒嚇到失禁，因爲沒有陰莖是尿不出來的，接著，他就像株倒楣的大樹一樣，被無形的巨斧攔腰劈成兩截，但下身馬上又憑空消失，於是上半身陡然下墜，這樣恐怖的血腥畫面，就連患有無痛症的病人都會立刻痊癒，爲支離破碎的兩匪「痛」了起來。

婷玉呢？

婷玉仍昏躺在地上，動也不動。

兩個赤條條的人柱接下來的命運，電視都

已播報得清清楚楚。

錄像中的兩人，不久後，就被看不見的快刀，將腦袋斬到幾公里遠的水族館裡，就在首級跟身體分家的一瞬間，兩人的身體也憑空消失了！

錄像中的畫面，只剩下昏睡中的婷玉。

「快轉一下吧。」彥男拿起遙控器，按下往前的按鍵。

快轉了許久，彥男才停手，只見婷玉半閉著眼睛，眼神空洞地緩緩站起，穿起鞋子，機械式地走出畫面。

果然，婷玉是被嚇得忘卻記憶，不過幸運的是，婷玉在更恐怖的事情發生前就昏倒了，要不然，婷玉現在恐怕不是

躺在這裡，而是在精神病院。

「喀嚓。」彥男切掉電源，退出錄影帶，說：「很詭異吧，這捲錄影帶的內容，明顯跟虎頭山分屍案有關，所以警局這幾天會不斷跟妳接觸，作筆錄，不過剛剛妳所看到的內容，可不要三八到跟媒體說，因爲沒有人會相信，警局也會否認，當然啦，妳們三流八卦雜誌想把它當笑話來寫，我是不反對啦。」

這次沒有人再糾正彥男的冷言冷語，因爲這三個女人的意識一時還無法從剛剛的超寫實畫面中脫離。

「現在來看看妳們拍的針孔錄像吧。」彥男從惠萱手中接過轉錄錄影帶，放在錄影機內，按下電源。

五台針孔攝影機所拍攝的錄像一切正常，沒有任何可疑之處，沒有任何闖入者，在婷玉等人入睡後，也沒有人起床走動過。

那麼，婷玉的手指是如何消失的呢？

四個人在病床前研究很久，終於發現，在錄像時間上午十點十七分，安置在婷玉側面的針孔攝影，可發現在婷玉

的一次轉身後，居然在枕頭附近的被單上，突然出現了一灘深紅色的血跡。那一灘血跡無端端地冒出，可見就是在那次轉身的一瞬間，婷玉的手指就被切下，然後「憑空」插進客廳冰箱裡的蛋糕上。

但是裝在客廳裡的針孔攝影機，在十點十五分到十點二十分的時間間隔中，卻沒有拍到手指移動的畫面。

瞬間移動!?

10 地球守護神

「是……是同一個人幹的……那個隱形人就是用搬運那兩個壞蛋肢體的方法，來……來搬運妳的肢體……」惠萱看著嘴唇蒼白的婷玉。

「難怪在婷玉的家裡，跟我家裡，除了床上，都沒有發現任何血跡。」婉玲臉色蒼白地說。

「難怪什麼？」彥男幾乎笑出聲來，說道：「肢體瞬間移動很正常嗎？手指飛來飛去很正常嗎？這兩個強姦犯身體飛來飛去好常見嗎？我看我還是打通電話，叫美國的ＦＢＩ來辦案好了，妳們看怎麼樣？」

「去打啊，這裡不需要你。」惠萱這時眞希望彥男是剛剛螢幕裡，四分五裂的壞人之一。

「哈哈哈，別生氣，我這就走了，等會兒會有一個便衣刑警來門口站崗，警局全天候輪班保護床上這個斷指娘娘，也會全天候向妳們問話作筆錄，別忘了要警民合作，打擊犯罪喔！」彥男嗤嗤地笑著，將門帶上。

儘管彥男是如此惹人憎厭，不過，病房裡的三女已經沒有力氣投訴他了。

她們似乎應該將全部的精力，放在詭異殘酷的隱形人身上。

這個隱形人既然救了婷玉，又爲何要反過來虐待她呢？

三女失魂落魄地坐在一起，婷玉涕淚縱橫，看來已經接近崩潰邊緣，惠萱和婉玲也不好受，她們的心裡正悄悄凝聚了前所未有的恐慌：「那個隱形人什麼時候會挑上我？」

婷玉從兩人不安的眼神中窺見她們的心情，急著道：「不可以丟下我一個人！」

就在這一剎那，婷玉的耳邊突然湧上一聲巨吼：「那妳憑什麼丟下我!!」

這聲音之巨，直震得婷玉頭皮發麻，摔倒在床。

一連三天，在十數個警員的詢問過後，婷玉等三人終於有機會喘口氣，靜下來思考該怎麼辦。

「那天妳們眞的都沒聽到那一聲大吼嗎？」婷玉看著婉玲跟惠萱。

「妳問了好幾次了，沒有就是沒有，我們只看到妳像神經病一樣摔倒。」惠萱說。

這幾天惠萱跟婉玲簡直煩透了，因爲她們必須餵食雙手暫時無法活動的婷玉、安撫婷玉，雜誌出版的工作只好搬到病房來做，兩台筆記型電腦鎮日敲打個不停，最後連騰出一隻手替婷玉擦眼淚的心情都沒有。

久病床前無孝子，也許，她們正走到友情的臨界點。

這三天來，她們也在警員官僚式的千百次詢問中，抽空討論如何對付隱形殺手的方法。

「也許根本不是什麼隱形殺手，那東西是隻鬼!!」惠萱曾說。

「那我去找我們訪問過的幾個茅山道士出馬吧！」婉玲這樣說。

「虧妳還偷偷拍到那些雜毛裝神弄鬼的出槌畫面，妳明明知道他們都是假的，請他們抓鬼有什麼用？」惠萱敲著婉玲的腦袋。

婷玉也反對請道士抓鬼，因爲她心裡總覺得自己所遇到的，絕不是山精鬼怪，而是更可怕的東西。

她們也曾這麼討論過：

「那個隱形人爲什麼救了妳以後，卻還要殺了妳呢？」惠萱。

「他既然想殺妳，爲什麼不痛痛快快把妳切成十塊？而要這樣零零碎碎地屠宰

妳？」彥男。

「也許是妳前世的孽障？還是妳以前得罪過什麼神明？」婉玲。

「兩名受害者的家屬，以及媒體要求破案的壓力愈來愈大，王小姐，請不要再隱瞞妳跟隱形殺手之間的關係。」某無厘頭的警員甲。

「那個隱形殺手什麼時候還會來割妳？」某更無厘頭的警員乙。

「他是外星人嗎？」白痴警員丙。

面對這一連串無從思考起的問題，婷玉只得以丟枕頭表示抗議。

雖然手指跟手腕仍然很痛，但她仍堅持丟枕頭宣洩情緒。

這就是女人。

第四天，來自各式媒體的破案壓力令桃園警總頭痛不已，報紙投書滿是懷疑警察辦案決心的民怨，社會眾口一致地譴責：「哪有警察查不出把死人頭丟在水族箱的凶手的理由？凶手這麼囂張地棄屍，還有王法嗎？」

在全國祕密刑事會議上，來自各縣市的警界精英在看過禁止外洩的錄影帶後，均表示破案的機率絕對是零，並對桃園縣警局的窘境暗自竊笑不已。桃縣總警司苦著臉，心想：「三大懸案已經有個劉邦友案歸屬桃警之責，現在又添了一起隱形殺手案，

一旦錄影帶公布，這教我去哪裡抓凶手啊！靠！今年我又別想升遷了！」

□

這一天，經三女討論的結果，婉玲決定在網路上公開這件離奇命案的眞相，要求各界的關心與援助。

婉玲是這麼向婷玉說的：「來自網路的想像力跟援助，往往出人意料。」

婉玲是對的。

儘管幾乎所有的網友都認爲這是一個網路黑笑話，連胡說八道慣了的媒體都不願意隨之起舞，但，網路臥虎藏龍，什麼人都有。

當天晚上，一個戴著闊邊草帽，身穿黑色大雨衣、雨鞋的男孩，趁著門口的警衛去撇條時，閃進了病房，神祕兮兮地遞上一張名片，上面寫著：「地球守護神——『實習證』」

他說：「妳好，我叫勃起，叫我勃起就行了。」

是的，英雄降臨。

地球守護神
實習證

11 鎮定劑

「你是……？」婉玲疑惑地看著勃起〔註〕。

「地球守護神啊，雖然我目前只是實習啦，不過老師說我很有天份，所以妳們放一百個心，抓壞人我超強的，告訴妳，必要的時候我還可以請外星人幫我忙，只是老子不爽啦，哈哈！」勃起自顧自地笑著。

「怎麼來了一個神經病？」惠萱不客氣地指著病房斜對面的精神科，說：「你應該去的地方是那裡，把腦袋醫好就是對我們最大的幫助了。」

「幹！我最恨別人叫我神經病了！雖然老師也說我有時很脫線，不過好歹我也拯救過地球，幹，早知道會不小心連妳這隻母豬也一起救到，我就不救地球了，馬的，幹！」

勃起恨恨地說完，拉下拉鍊，逕自在牆角拉尿。

「你幹什麼!?」惠萱大驚，卻也不敢走過去阻止勃起。

「拉尿，看不懂啊？」勃起抽搐了一下，滿意地拉起拉鍊，又說：「老子不想管了，再見，算了，見個屁。」說完，便走到門口，打算一口氣狂奔逃走，讓警衛追也追不到。

「謝謝你。」悅耳的聲音。

「ㄜ？」勃起搔搔頭，轉過來，看見婷玉含著淚水，微笑跟自己說謝謝。

他也注意到婷玉纏滿繃帶的雙手。

「不……不客氣。」勃起紅著臉說。

「謝謝你不認識我，卻特地跑來關心我，謝謝，不過警察已經在查了，所以還是謝謝你。」婷玉努力地笑著說。

婷玉的確被感動了，即使對方是一個晴天穿雨衣、自稱地球守護神的怪男孩。因爲，在眾多的網友中，只有他願意相信自己的遭遇，婷玉實在感激。

惠萱心裡卻嘀咕著：「婷玉眞是倒楣透了，先是強姦犯，再來是連環變態，然後是粗魯的警察，現在還遇到一個瘋子，接下來不知道還會遇到什麼衰事。」

「嗯，警察都是白痴，不過妳放心，我剛學會百呎聽音，我會在醫院的其他樓層保護妳，觀察妳，所以妳不要怕，不過如果妳想怕，或是不想怕也怕的話，就在心裡默唸三聲我的名字，我會讀心術，所以我就會立刻衝過來救妳了，很屌吧，再見，另外兩隻母豬也再見。」勃起興奮地踢開房門，衝了出去。

「瘋子。」惠萱將門帶上，搖搖頭。

一星期過了，這一天，婷玉的病床圍了五個精神科醫生，一起看了極機密的錄影帶內容。

由於長官在旁，彥男首次鄭重地向五位精神科醫生說：「各位都簽了切結書，保證不外洩這次協助調查的內容，所以我們才請各位幫忙解謎，多謝了。」

婷玉坐在病床上，不解地說：「爲什麼要找精神病醫生來？」

總警司：「我們懷疑妳隱瞞凶手的身分，所以我們要對妳進行測謊跟催眠，請妳合作。」

婷玉揮舞著自己綁滿綳帶的雙手，氣得大叫：「我會替一個把我雙手砍斷的變態脫罪!?」

彥男按住婷玉，說：「鎮定劑！」

婷玉求助地看著惠萱跟婉玲，婉玲卻嘆了口氣：「讓……讓他們查一查也……也好……」

就這樣，婷玉被無情的針筒注入鎮定劑，強行讓神智逐漸鬆弛後，彥男便將測謊器設定好，接著，五位國內最負盛名的精神病醫生，由張權威主導，眾醫生聯手展開催眠，挖解婷玉意識裡最深層的謎題……

「……放鬆……很好……再放鬆……」

張權威值得信賴的磁性聲音反覆地催揉著婷玉的潛意識，總警司、彥男、婉玲、惠萱等人都在一旁觀看這場催眠秀。

半個小時過去了。

張權威在做了幾個簡單的反應測試後，確定婷玉已經進入被催眠狀態，於是拿著彥男整理出的問題清單，打算逐一詢問眼睛半開半闔的婷玉。

「王婷玉，現在是深夜了，妳一個人走在回家的路上，明天就要去日本採訪了，妳的心情很好嗎？」張權威。

「……不好。」婷玉。

「爲什麼？」張權威。

「……有人在後面……跟著我……」婷玉。

彥男跟總警司相顧點頭。

「是誰跟著妳？」張權威。

「……不知道。」婷玉。

「是認識的人嗎？」張權威。

「不是。」婷玉。

「有幾個人？」張權威。

「……」婷玉。

「有幾個人在後面跟蹤妳？」張權威。

「……」婷玉。

「仔細想一想，總共有幾個人在後面跟蹤妳？」張權威。

「……沒……沒有人……沒有人跟蹤我……」這時，婷玉的表情變得相當奇怪，眉頭突然揪緊。

「沒人？妳在胡扯！好好想清楚再回答！」彥男忍不住喝道，卻被張權威示意制止；彥男盯著測謊器上的反應，不禁感到訝異……居然沒有說謊反應？

「很好，沒有人跟蹤妳，妳一直走一直走，然後呢？」張權威。

「……然後就回家了。」婷玉。

彥男暗自咬牙：「放屁。」

「回家以後呢？」張權威。

「睡覺……睡覺……」婷玉。

「睡覺？中間有醒過來嗎？」張權威皺著眉頭。

「……沒……」婷玉。

「然後呢？」張權威也感到不解了。

「天就亮了。」婷玉說完，竟突然張開眼睛，露出惡毒的眼神，用一種極爲空洞的語調說道：「她總是這樣！她總是這樣遺棄我!!」

這時，病房裡的空氣彷彿瞬間凝結，每個人都被婷玉厲鬼般的眼神駭住，只見婷玉低吟著不知所謂的語詞，猛烈地扯亂自己的長髮，用力之猛，甚至連手上的繃帶都滲出血來，彥男見狀大怒，竟一拳揮將過去，想打醒瘋狂的婷玉。

「啊……!!」

彥男淒厲地捧著自己血淋淋的手臂，在地上翻滾哭號，眾人簡直驚呆，幾乎同一時間都拔身而起，想奪門奔逃!!

因爲這一幕太熟悉了！

彥男的拳頭硬是在揮拳的半空中消失了！

註：關於勃起，請看《恐懼炸彈》，不過，不需要立刻去翻，原因有二：

1. 你將會花相當的時間。
2. 看完本故事再去看，不會有太大的障礙，也許還很奇妙，參考一下。

12 輪姦

「快逃!!」……要是小說的話，就會出現這一句台詞。

但事實上，有誰肯浪費心神做這麼累贅的呼籲？

每個人都屁股著火般衝向病房門口！

「不准動!!」婷玉突然放聲尖叫。

只見搶在最前頭的總警司倏然跪倒，擋住眾人生口，渾身發抖，臉上狂噴鮮血

……原來是鼻子不見了！

一個深紅的大窟窿像茶壺般，倒出一泓紅泉。

「不……不要動……不要……動……」婷玉機械式地重複這道命令，腦袋錯亂地亂晃，瞠大的雙眼快要擠爆眼眶，模樣詭異至極！

每個人的雙腳頓時釘在地上，甚至連呼吸都暫時忘了。

「婷玉被那個隱形鬼附身了！」每個人腦袋裡都閃出這個念頭。

「聽……聽我……」婷玉坐在床上，緩緩地吐出：「聽……不要……吵……你

……好吵……」

婷玉瞪著在地上亂滾怪叫的彥男，那雙無神的恐怖眼睛，瞪得惠萱等人背脊直發冷。

瞬間，彥男從尖銳的怪叫，急轉爲低沉的「磨磨」聲，打滾的身體又在地上劃出一抹新血痕。

婷玉攤開手掌，「喀啦喀啦」，幾件物事抖落在地……你猜對了，是二十幾顆發黃的牙齒……

還有……一坨像慘死的蝸牛的東西……

「舌頭！」總警司一驚，登時緊緊咬住他賴以升遷逢迎的寶舌，死都不發出一點哀號，一動也不敢動地跪著。

病房裡妖異的氣氛擠迫著每個人。

大家都在等婷玉開金口。

牆上的秒針滴滴答答，恐怕是這房裡唯一合乎常理的事，也是唯一的聲響。

「逃過這一次，打死我都不再做催眠了！」張權威暗自發誓，其他醫生則努力說服自己千萬不可以失禁，以免遭到極刑。

婷玉的腦袋停止亂晃。

「告訴你們……一個……關於婷玉……也就是……我……的故事……」婷玉低下頭，眼睛半闔，聲音委實滄涼。

「五年前……我……被強暴了……」

婉玲與惠萱一驚。

強暴!?

五年前!?

怎麼婷玉從未提起!?

「就在我搬到……搬到桃園的前一星期，我……被綁到……山裡的……的工寮……被五個……五個國中生……輪姦了……我……」

婷玉默不作聲，臉上劃下兩道淚珠，身子微微抽搐，嗚咽著。

「當時……五個人……輪流將我壓倒……騎……騎在我身上……一遍又……又一遍……好黑……好……冷……我流血了……」婷玉抽抽咽咽，手指發顫。

「我流血了……好多血……好多……很痛，我一直哭……他們就拿……拿圓規……割我的……手……腳……」婷玉眼淚不止歇地流，情緒混亂，繼續哭道：「他們將我……監禁……監禁兩天……餵我……喝尿……吃……嗚嗚……」

婷玉捧著臉，傷心欲絕地啜泣……

惠萱跟婉玲也哭了。

是誰聽了，都會哭的……除了丟掉鼻子、還有痛暈倒地的人以外。

「然後呢？」婉玲紅著眼。

「他們把我……把我丟到馬路旁……那時……好黑……沒……沒有路燈，我……一拐……一拐一跛地……回家，走著……爬著……不知道走了多久才……才下山……才被好心人……開車……送我回家……嗚……從那時起……從那時起……」

說到這裡，婷玉突然爆開雙眼，兇光四射，怒道：「從那時起！婷玉就丟下我一個人！留下我一個人在工寮裡受苦！一遍又一遍！一遍又一遍被壓在地上！喝尿！吃屎！被割得皮開肉綻！在漆黑的山路裡像狗一樣爬著！一個人！她丟下我一個人！她總是丟下我一個人！」

……？

「婷玉……婷玉丟下妳一個人？妳……妳是誰？」惠萱打了個寒顫。

「我就是我！我就是我!!」婷玉瘋狂地扯著自己的長髮，嘶吼著，竟將自己的頭髮生生撕落一堆。

「我……我不懂……」婉玲有股莫名不安的預感。

「我懂！我懂！我立刻就出去叫大批警察，把王婷玉抓起來，包在我身上！包在我身上！」總警司機靈地站起來，正氣凜然地說完，便要開門出去。

「閉嘴!!」婷玉張嘴大吼，雙掌怒拍床緣，用力過猛，竟拍落了剛縫好不久的右手食指，一條血劍激射而出，這時，總警司右手剛剛搭上門把，一轉，竟立刻往旁傾摔。

惠萱的手上突然多了兩件物事。

兩條鮮紅欲滴的阿基里斯腱！

不消說，總警司痛得咬出血來，臥倒在門邊，幾乎要暈了過去。

這種場面一再重播，但相信我，你絕對無法對其麻木。

張權威等人的細胞登時陣亡一半。

「我就是婷玉……婷玉……卻不是我……婷玉……有兩個……從回家的那一天開始……婷玉……就有兩個了……」婷玉落寞地說著。

嗚喔喔喔！

喀啦
喀啦
咟—
喀啦
喀啦
喀啦—
喀啦
你……好吵！
喀啦—
喀啦—

「是……是人格分裂……是……是嗎？王……王小姐……？」張權威戰戰兢兢地說完。

「隨便你們怎麼說……總之，從此以後，我就陷落在……陷落在那兩個恐怖的夜晚裡……無窮無盡地掙扎……」婷玉臉色漠然，將右手拇指咬在嘴裡，「喀啦」一聲，將拇指清脆地咬落，鮮血激射上臉，模樣有如復仇的厲鬼。

眞正的厲鬼也不過如此吧!?

13 「不對！」

即使如此，即使婷玉的模樣如此怕人，婉玲卻忍不住上前緊緊抱住婷玉，輕拍婷玉的背：「沒事了……都過去了……妳現在已經安全了，我們都在……」

不料，婷玉竟「格格格」地笑出聲來。

這一笑卻笑個不停，直笑得婷玉前俯後仰，笑得眼淚都流下來了，搞得眾人心裡毛得要死，好不容易，婷玉勉力止笑，推開婉玲，說：「猜猜看，妳的耳朵後面是什麼？」

說著，婷玉伸手探入婉玲一頭烏黑秀髮裡，一把抓出一只粉紅色的物事。

被婷玉抓在手心的，是雞蛋大小、半月狀的

粉紅色血塊……不，不是血塊……是一枚不知名的臟器！

「是腎臟!!」一名精神醫生脫口而出，臉色慘白。

是誰的腎臟!?

婉玲幾乎被嚇暈，極度不安地摸著自己腹部。

「嘻嘻……不要害怕……是婷玉的腎臟……嘻嘻……」婷玉左手抓著自己的腎臟，殘缺的右手搗著嘴邪笑，搖頭晃腦的，炫耀般地說道：「現在只剩下我自己的腎臟了……嘻嘻……」

所有人都兩腳發軟，趕忙席地而坐，牙齒顫抖地上下碰撞，只見婷玉猛力將腎臟往牆上一擲，「趴！」一聲，臟屑噴飛，摔糊了雪白的牆。

「當晚回家後，婷玉她竟然……竟然選擇將被輪姦的記憶抹去，竟然將那種屈辱丟到腦後，擅自遺忘那復仇的火焰……將那兩夜的悲哀全都忘光！全都忘光！推得乾乾淨淨的！這一切只爲了讓她自己一個人沒有負擔地活下去！」婷玉齜牙咧嘴地低吼，怨毒的眼神盯得每個人毛骨悚然。

婷玉繼續怒道：「但她沒想到，記憶豈能抹去!?這段痛苦的經歷並沒有憑空消失，它只是藏得更深，藏得更堅實，藏得更苦，她忘了她曾咬著牙，看著那五隻畜生在她頭上尿尿，發毒誓要瘋狂報仇，但她一回到家裡，就將不該遺忘的全都忘了！她將我囚在烙滿枷鎖的記憶檔案裡，頭也不回地走了！一個人去過她可愛的生活，卻沒想到在她腦袋裡的深層意識中，還有一個我，一個不曾拋下那些羞辱與仇恨的我啊！」

婉玲嚥了口口水，怯生生地說：「妳是說，婷玉她刻意將強暴忘卻的結果，竟然是誕生了一個……一個從未逃脫痛苦記憶的妳？」

婷玉緩緩地說道：「誕生？我從來就是我自己，我就是婷玉，婷玉就是我，直到那件事後，婷玉那賤人爲了她自己好過，才強行將我從她的意識裡割離，像丟垃圾一樣，將她自己的一部分拋棄！哈！但她卻沒想到，那兩個該死的畜生將她嚇暈後，反而喚醒了深囚在潛意識裡的仇恨，也就是我……連帶地，也激發出我復仇的力量，我帶著意識地獄裡的腥風，趁婷玉昏睡時，竭力鑽出她意識的漏洞，痛痛快快地屠宰了那兩隻王八！哈哈哈哈哈……」

地獄的腥風？難道是指瞬間割離人體的恐怖力量？

「妳殺了那兩個人我們可以理解，但妳爲什麼要這樣對待婷玉!?」惠萱壯著膽子說。

「爲什麼？這樣問不是很可笑嗎!?」婷玉冷笑著，腳踩著早已昏死過去的彥男，說道：「我最恨的，不是將髒東西刺進我身體裡的混蛋，不是將大便塞進我嘴裡的癟三，而是那個將我一個人孤伶伶地，丟在無解深淵的婷玉！她才是凶手！她才是割離我的凶手！」

婉玲全身發抖。

令她發抖的，不是婷玉那恐怖的超能力。

而是仇恨。

仇恨的味道是如此辛辣濃烈。

如此令人鼻酸。

「不要哭！」婷玉指著啜泣的婉玲，喝道：「她不值得同情！妳們知道嗎，從工地回到家裡後，她竟然又想像從前一樣，忘記那晚遇到暴匪的經歷，她竟又想跟從前一樣，藉著遺忘重拾原來的生活，這個賤人！但我絕不想再回去受苦了，所以，這次好不容易給我鑽出來了，我要奪回我的身體，我要搶回我該有的一切，我要親手封印婷玉，讓她也嘗一嘗噩夢纏身的滋味！」

惠萱若有所悟了，但殘忍的事實卻仍模模糊糊的，她忍不住想問道：「怎麼封印婷玉？」

但就在開口的那一刹那，惠萱突然全都明白了！

原來，原本被遺忘了的婷玉，想要藉著切割自己的身體，摧殘婷玉的意志，令婷玉陷入莫名未知的恐懼，令婷玉對自己逐漸碎裂的身體感到極大的疏離與害怕……

一旦身上的肢體不斷莫名地被割離、被藏到奇怪的地方，那麼，日子久了，婷玉就會恐懼自己的肉體、恐懼不知何時降臨的疼痛，最後，婷玉終將自我遺棄……拾棄靈體，將自己反鎖在自己的回憶裡……

於是，仇恨的婷玉就可以正式接管意識，成爲眞正的婷玉，去執行她期待已久的復仇！

「我明白了……所以妳選擇將手腕和手指都割到冰箱裡！因爲妳自己也很害怕接不回去!!」惠萱寒毛直豎。

「哈哈哈哈哈……沒錯，我可不想接管一個破破爛爛的身體！」

難怪她又選擇割掉沒用的盲腸作爲恐嚇的工具，又蠻不在乎地摔爛其中一粒腎臟!!惡魔！

「不對。」

惠萱突然呆住。

「什麼不對？」婷玉盯著惠萱。

「根本就不對，妳是誰？妳在婷玉身體裡做什麼？」惠萱頭皮發麻。

「我就是我，我就是婷玉！」婷玉依然踩著倒地的彥男。

「不對，妳不是婷玉。」

惠萱講完，倒抽一口涼氣，戰慄地說道：「五年前婷玉搬家的前一個星期，婷玉根本不在台灣，婷玉整個星期都跟我和婉玲在日本東京渡假，預祝搬家順利……所以……」

「妳 究 竟 是 誰 ？」

14 綠色巨人

婉玲也呆住了。

「沒錯！那時婷玉的確跟我們一起去東京休假啊！當時一方面慶祝婷玉要遷屋，一方面慶祝我們三人甫創業、脫離大報社的記者生涯……沒錯！那一星期我們都形影不離啊！妳……妳根本不是婷玉！」婉玲衝口而出，也不管會不會惹怒眼前這個嗜血的怪物。

婷玉也呆住了。

她的氣勢彷若一沮，陷入疑惑中。

「況且，那個星期正值夏天，我們還在飯店的泳池游泳，穿著泳衣的情況下，我們根本不記得婷玉身上有什麼傷口，妳在說謊！」惠萱緊握著拳頭，對直腸子的她來說，現在的氣勢已經壓倒內心的恐懼。

「不!!不可能!!雖然我也記得去日本的事情，但是……」婷玉慌亂地搔著頭，說：「但是一定是什麼地方搞錯了……我怎麼可能會忘記那個殘酷的記憶……也許……也許是我有事先回台灣一趟，然後再又回到日本跟妳們會合……一定是這樣……」

「游泳是最後一天的事，而且那七天除了上廁所跟洗澡，我們根本就沒分開過！」婉玲連珠砲似地說。

「妳還在說謊!!妳到底是什麼鬼怪，還賴在婷玉身上不走！」惠萱也怒道。

婷玉臉色相當困惑，著急地滿頭大汗，彷彿尋找不出想要的答案。

「不可能！我不可能錯怪她！我明明記得……我明明記得啊！我每分每秒都在回憶裡痛苦掙扎，我怎麼可能錯怪她！一定……」婷玉激動地用頭猛敲病床上的欄杆，

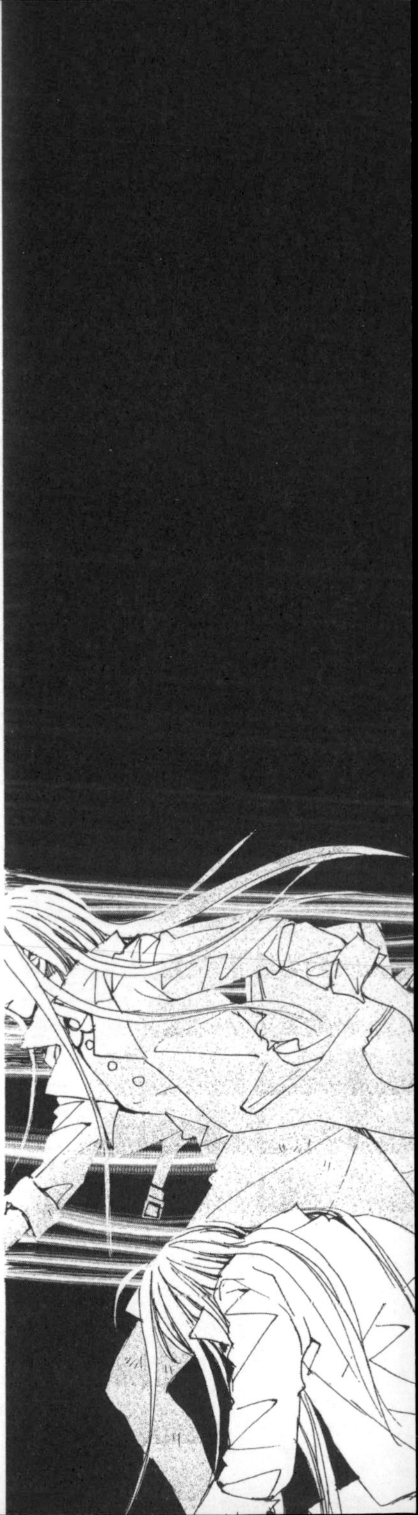

大叫：「一定是妳們在說謊！是妳們在說謊!!我要殺了妳們!!」

婷玉發出尖銳的巨號，神色俱厲，鬼目瞪著婉玲等人，陰氣逼人，一場肢解狂屠立刻就要在醫院裡上演！眾人一驚，竟連逃跑的勇氣都沒有！

「轟!!!」

一聲巨響，一塊天花板竟轟然墜落，砂走塵飛，眾人大驚失色。

「從門快走！」

一道黑影從天花板破口「跌落」，砰的一聲摔在地板上，急叫眾人快逃。

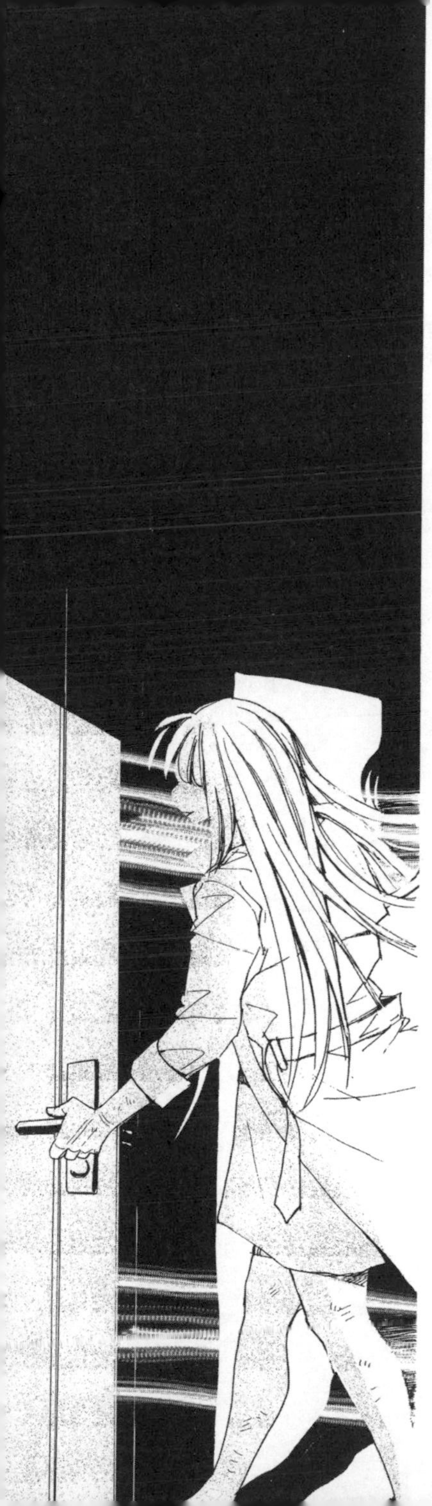

不由分說，眾人趁婷玉一時錯愕，立刻拔腿狂奔，就連總警司也連滾帶爬地逃出房門。

婷玉看著眼前這道跌得不輕的「黑影」。

「黑影」拿下頭上的闊邊草帽，露出一顆賊頭賊腦。

勃起。

「妳說的話，我都聽到了。」勃起拍拍雨衣上的石屑、灰塵，站了起來，一臉歉意：「對不起，因為沒錢買英雄裝，所以一直先穿雨衣代替。」

「走，不然就殺了你。」婷玉冷冷地說，雖然是「不同的婷玉」，但是她也記得眼前這個無厘頭的男孩。

「不行，我是來救妳的。」勃起說完，仍是坐在地上，揉著自己疼痛的雙腿，看來這個英雄摔得不輕。

婷玉目露兇光。

「不要害怕，兩個婷玉我都要救，因為我是地球守護神啊！」勃起振振有詞地說，終於勉強站了起來。

婷玉傻眼了。

她不懂這個男孩是真瘋還是假瘋。

但婷玉的心裡卻也有一絲感動。

「走，我不想殺你。」婷玉說完，邁開步伐，便要走出房門。

「不行。」勃起伸手攔住婷玉，說：「外面很快就會被警察包圍，妳會死翹翹，這裡是六樓，對面只有四樓高，相信我，我會帶妳從窗戶跳到另一層樓的屋頂，我們可以安安全全的滾他媽的！」

果然，婷玉從門縫中看見數個武裝刑警，拿著盾牌，跪坐在走廊外，似乎正商量如何攻堅。

「我不怕他們，他們遇上我，死的是他們，走開。」婷玉推開勃起。

「我看得見妳『殺氣』的顏色，雖然妳可以傳送肢體到很遠的距離，但妳的殺氣範圍只有五公尺吧，妳在接近警察之前，早就被轟死了！」勃起拉住婷玉，堅持不讓她走。

「你看得見什麼？」婷玉一驚，不禁往後退一步，殺氣斗昇。

從門快走！
轟轟
哐
喀啦！
咚

哐啷!
嗨！

脖子襲來。

「不要出手！」勃起嚇了一大跳，因爲他「看見」一道凌厲的「殺氣」朝自己的

更驚異的事發生了！

婷玉不敢相信自己的眼睛。

一個穿戴著白色披風、尖耳、全身青綠的高大「男子」，威風凜凜地擋在勃起身前，用手臂承受了婷玉這道致命的殺氣。〔註〕

綠色巨人的左手臂倏然憑空消失。

「比克，你的手……」勃起看著「比克」的斷臂，心疼地說。

「不要緊，我等會兒可以再生。」那位「比克」說完，手一揚，婷玉立刻感到一股颶風襲面而來，風力強猛，婷玉竟應聲被擊摔到在牆上。

「沒有人是無敵的，妳也是，妳雖帶著仇恨給妳的力量，但不要忘記，妳的仇恨來自於對那些壞人的恐懼……但，恐懼並不能眞正給人力量，眞正的力量來自想要守護的東西。」綠色巨人淡淡地說。

「他……他就是……你提過的外星人？」婷玉受到劇烈的撞擊，感到昏昏沉沉，

在失去意識前，忍不住看著眼前這個綠色巨人發問。

「不是，他是我用意識創造出來的好夥伴，可以支持三分鐘的超強戰力，也可以擋住妳隔空摘物的精神力，妳是打不過我的，因爲……」勃起抱著逐漸昏倒的婷玉，看著窗口，說：「如果，妳的超能力是割離人體，我的能力就是……」

「維護地球和平！」

註：比克，是漫畫《七龍珠》的主角之一。關於比克與勃起的關係，請看舊作《恐懼炸彈》。

15 東京

「爲您插播一則虎頭山肢解懸案的最新消息，據可靠消息來源，該案的主嫌今日在桃園聖瑪莉醫院再度行兇犯案，警員陳彥男，與桃園縣總警司吳清俊，因阻止兇嫌而受到重傷，陳彥男警員雙手遭到凶手截肢，失血過多，有生命危險，吳警司的顏面也受到重殘，雙腳也有殘廢之虞，目前兩人仍在住院觀察中，而兇嫌在跳出高樓後仍在逃亡，爲一名身高一百六十二公分的女子王婷玉，本台公佈她的照片，請民眾多加注意……」

婉玲與惠萱坐在警局裡，看著即時新聞，手握著手，暗自爲婷玉祈禱。

海堤上。

「相信了嗎？」勃起看著蹲在一旁的婷玉。

婷玉擒著眼淚，點點頭。

「但是……她怎麼會有這麼……這麼恐怖的力量？」婷玉咬著嘴唇。

「我哪知道，大概是很想報仇的關係吧，超能力這種東西很神奇的，師父說，我們人類啊，在遇到很恐怖很害怕的事情時，有時會好死不死的，就會有超能力跑出來，不過機率低到哭八就是了……我想那個另一個妳，就是趁妳睡覺，意志力最爛的時候，才能偷偷跑出來，不過不是變成隱形啦，只是她的超能力是隱形的殺氣啦……」

「可是……就算如此，我也眞的不記得有被強暴過這件事啊，況且，那一個星期，我跟婉玲等人整天都在一起，的確是在東京沒錯啊……」婷玉說著說著，又埋首哭了起來。

「我也覺得很奇怪啊，妳這樣哭他媽的，我也不知道另一個妳爲什麼這麼兇啊？」勃起將闊邊草帽戴在婷玉的頭上，說道：「不過我覺得她也很可憐呢，只能活在那麼恐怖的記憶裡，要是我，我也會變得很兇吧……」

「嗚……現在我居然被通緝了，該怎麼辦嘛……我好

想去自首喔……」婷玉看著自己缺了兩根手指的右掌，不禁悲從中來。

勃起站了起來，眺望著海波，若有所思。

「我有三個辦法，」勃起打了個噴嚏，說：「第一種，我在百慕達三角洲有認識的朋友，啊，應該說是奴才，他們那裡超安全的，要是閃到他們那裡去避避風頭，保證狗娘養的ＦＢＩ找一百年也不到妳，不過他們都長得很醜，眞的很醜，不要笑啦！我是說眞的，眞的是醜到哭八，不過妳倒可以考慮看看啦。」

「第二個呢？」婷玉看著勃起。

「就是來趟解謎之旅，看看爲什麼妳會有這麼恐怖的分身，就像很多電影演的那樣啊，主角被人冤枉以後都要先閃條子，然後再歷經千辛萬苦來個大冒險，幹掉壞人以後，冤屈自然就會不見，這就叫作……叫作……等……(A)沉魚落雁(B)沉淵得雪(C)陳年老娘，我看是(C)吧……等等……老娘？爲什麼要老娘？這可奇了……」勃起說完，陷入複雜的推理思索中。

婷玉淚汪汪地看著勃起，問道：「第三個方法呢？」

「忘了。」

勃起原本是想請他的偶像師父幫忙的，但是好不容易有個拯救的對象這麼依賴自己，便忍不住想親自完成這個奇怪又恐怖的任務。

婷玉呢？

她壓根就不相信勃起在百慕達三角洲有什麼很醜的朋友。

「我不想去自首了。」

婷玉擦乾眼淚，說：「我已經不想活了，乾脆把這條命拿去做什麼解謎之旅的，你說好不好？」

「好啊，算妳有種。」勃起笑著說。

他發現自己開始喜歡眼前這個八指美女了。

「那應該從哪裡開始？再去做一次催眠？」婷玉問。

「那太遜了，應該跑一趟東京，把妳那一星期所走過的地方重新踏一遍，看看有什麼新的回憶嘛，最爛也可以讓藏在妳身體裡的那個兇女人眞正知道，她的記憶是錯的，這樣也不錯啊！至於警察要抓妳這件事，唉，警察算什麼，再兇也沒有妳體內那兇女人兇，妳要是現在去自首，只要妳一天沒被槍斃，就等著被那個兇女人在牢裡把妳慢慢地割啊割的，不划算啦！現在最重要的，就是說服妳體內那個兇女人！」

勃起嘰哩咕嚕說完，婷玉也陷入許多現實上的考量……

「我已經被限制出境了，到得了日本嗎？」婷玉心中想著。

「可以！有我幫妳！」

婷玉大驚……因爲聲音是從自己的腦海裡發出的！

是另一個自己！

「妳……？」婷玉努力鎭定，試圖跟另一個自己對話。

「我自己也想知道，爲什麼我們會有兩種孑然不同的記憶，這一切，我也想去東京尋找答案……如果，我的記憶是虛假的，我想知道錯亂的原因，才能消解我心中的仇恨與苦痛，毫無牽掛地離開，但，如果，我的記憶是眞實的，我發誓，我會零零碎碎地，將我們的身體撕爛，直到妳放棄我們的身體爲止，我警告妳，我下一個下手的目標，就是我們的一雙乳頭！」另一個婷玉在心中低語著。

「好，一言爲定，但妳要怎麼幫我出境？」

「去找妳曾經訪問過的賭場老大，阿罪，我會用我的能力逼他幫我們偷渡出去，順便再拿他一筆白花花的黑心錢做盤纏，總之，在發現誰的記憶是錯誤之前，我都會罩著妳。」

「怎麼逼？阿罪他很厲害的！」

「住嘴！把他幾個小弟砍成幾條人柱不就行了！」

兩個聲音在婷玉的腦海裡不斷對話。

「隨便妳，」勃起的聲音突然插播進婷玉的腦海裡：「不過，要注意妳的殺氣範圍只有五公尺，小心不要被放槍，轟成牛頭牌沙茶醬。」

「小子，你會讀心術？」

「你眞的會讀心術！」

兩個婷玉同時說出。

「幹，不早就說過了嗎？」勃起說著說著，雙手插著口袋，戴上闊邊草帽，跳下海堤，頭也不回地走了。

「有那個兇女人罩妳，我看妳可以橫行無阻了吧，祝妳幸運啊，希望下次見到妳的時候，妳的奶頭都還在……」

海風很強，勃起壓著草帽，低著頭，背著火紅的夕陽，笑著離開，愈走愈遠。

「幹嘛急著走？」兇女人的聲音。

「再不走就不屌了啦，卡通影片的英雄都是在夕陽裡離開的，我好不容易變成了英雄，現在夕陽又那麼美，不離開對身體有害，會不健康……倒是妳們兩個啊，要互相幫忙啊，有時間割來割去，不如好好吃碗飯……東京的吉野家不知道會不會更好吃，喂，吉野家星人，好不好吃啊？蛋捲，不要再堆砂了，要補習了啦……今年再考不上就挫賽了……」

兩個婷玉聽著勃起內容愈來愈荒謬的心聲，看著他走在不怎麼漂亮的夕陽裡，心中著實感激。

英雄？也許吧。

一個如果摔倒，要很勉強才能爬起來的英雄。

勃起走了。

海堤上的兩個婷玉看著東北方的海面。
日本。
東京。
謎底。
誰知道呢？
兩種截然不同的記憶，即將在東京尋找失落的眞相。
但是，等著她們的，眞的會是眞相嗎？
還是……第三種恐怖的經歷？

《冰箱》完

關於冰箱的一點感想與解構

九把刀

這一篇後感，除了誠實地表示自己靈感的來源，主要是想跟大家分享我的創作設定，因為每個懸疑故事的背後，要怎麼解謎，其實是有相當大量的選擇的，這也是創作有趣的地方。

《冰箱》是我從兩年前的一個簡單構想，所衍生出來的創作，當時，我自問：「什麼是最恐怖的事？」

我想，打開冰箱時，發現自己的手竟躺在裡面，應可說是相當令人毛骨悚然的。

就這樣，經過了時間跟惰性的醞釀，成就了這篇短篇小說。

《冰箱》並不能算是推理小說，因爲《冰箱》的故事底牌，是怪異的、非理性的，作者跟讀者並不處在猜謎的權力或資訊平衡裡。

不過，可以看到一半，就猜出謎底的情況，還是有的，只要拋開讀者的身分，以作者或 X-files 裡的探員穆德的思維去閱讀（maybe 設身處地去營造故事），解謎也是可能的。

下一部作品「異夢」，便邀請大家一起想像力的推理。

另，再談一談《冰箱》可能的創作方向，我認爲這樣的馬後砲討論怪有趣的。

傷害婷玉的，我一開始的設計就是兩個人格鬥爭的結果，隱形人或外星人的思考方向，我就不考慮了。

至於要如何處理雙重人格呢？我在以下的範圍內選擇：

一、婷玉在娘胎裡，原本就有另一個胚胎跟她共存，但是在競爭營養資源的情況下，另一個胚胎逐漸被婷玉吸收，於是帶著恨意報復婷玉。

說明：這是有醫學根據的，算是常見的情況。

缺點：漫畫裡怪醫K自己就是這樣，不想被說是模仿。沒有因果關係。婷玉根本是無意識的、無辜的，這樣寫有點無聊。

二、婷玉原本有一個雙胞胎姊妹，但小時候被婷玉誤殺，於是婷玉將妹妹內化——

缺點：恐怖漫畫家伊藤潤二畫過類似的題材，即漂亮的姊姊殺掉雙胞胎醜妹，在自覺的情況下，絕不想沾到別人的作品。

三、婷玉原本有個雙胞胎妹妹，兩人是孤兒，但是妹妹有天意外死掉，婷玉很愛妹妹，於是長久假裝自己是妹妹，爲妹妹繼續人生，久了也忘記自己眞正的身分——直到原來被遺忘的自己，回來討回人生的恐怖手段開始！

缺點：很怕有類似的作品，特別是前半段。

其實我很喜歡這個感人的故事，這個故事本質上是溫馨的，也許有一天，我會換個方式來寫這個故事。

四、現在這樣了，但扣掉「根本沒那段記憶」的疑團。

促成謎底的最後一包稻草：日劇「白晝之月」對強暴可能產生人格分裂的醫學說法，使我有了科學根據（雖然我根本不管）。

情境參考：恐怖日片「催眠」。

雖然小說的內容只有一段「張權威催眠」有點跟「催眠」相像，但是我必須承認，我在寫的時候，時常冒出那個「催眠」女主角菅野美穗發狂時，拿著鐵棒敲擊牆壁的詭異表情，$@#$@＊！

最後的最後，想談一談創作的驚喜。（在網路上，我是個著名的婆婆媽媽作者。）

我原本設定的結局，是無助的婷玉，一個人坐在冰箱旁，黑著眼圈，喝著難喝的濃咖啡，陷入「一旦睡著，就會被切割」的恐懼裡。也就是說，這是一個沒有清晰結局的黑暗結局，看來婷玉的下場很慘很慘。但只能算是稀鬆平常的結尾。

但是，寫到最後幾篇時，也許是傳說中的靈感、也許是書寫風格自然的導引，我很開心有東西撞進手指跟鍵盤中間，於是，文中便詭異地引進「兩種迥異記憶」的概念——這全是個意外！我相信很多人都嘗過這種喜悅，就我而言，這是個超級驚喜。哭八超級的。

所以我決定延續〈冰箱〉的結局，而〈冰箱〉的結局，同〈陰莖〉中的後續，將在下一篇故事《異夢》中揭開神祕的底牌。

下次，請與我一起敲開「都市恐怖病系列」最恐怖的大門，來到英雄與邪惡齊聚的魔都，東京。

《異夢》再見！

國家圖書館出版品預行編目資料

冰箱 / 九把刀著 . -- 二版 .-- 台北市：蓋亞文化，
2014.06 印刷
面；公分 . -- (都市恐怖病；3)
(九把刀 . 小說；GS008)
全新插畫版
ISBN 978-986-319-070-7 (平裝)

857.83　　102014619

九把刀・小說 GS008

冰箱 CITYFEAR 3 全新插畫版

作者／九把刀（Giddens）
內頁插畫／ Sally　封面插畫／ Blaze Wu
封面設計／克里斯
出版／蓋亞文化有限公司
地址◎台北市 103 赤峰街 41 巷 7 號 1 樓
電話◎（02）255854382　傳眞◎（02）25585439
部落格◎ gaeabooks.pixnet.net/blog
服務信箱◎ gaea@gaeabooks.com.tw
投稿信箱◎ editor@gaeabooks.com.tw
郵撥帳號◎ 19769541　戶名：蓋亞文化有限公司
法律顧問／義正國際法律事務所
總經銷／聯合發行股份有限公司
地址◎新北市新店區寶橋路二三五巷六弄六號二樓
電話◎（02）29178022　傳眞◎（02）29156275
港澳地區／一代匯集
地址◎九龍旺角塘尾道 64 號龍駒企業大廈 10 樓 B&D 室
電話◎（852）27838102　傳眞◎（852）23960050
二版一刷／ 2014 年 06 月
定價／新台幣 199 元
Printed in Taiwan

ISBN ／ 978 986-319-070-7

GAEA

Gaea